L'univers des Elgéendsorde

Karima Djelid

L'univers des Elgéendsorde

Roman

© Karima Djelid, décembre 2015

http://karimadjelid.wordpress.com
Page Facebook : L'univers des Elgéendsorde

EAN : 9782955434802
ISBN : 978-2-9554348-0-2

Quand j'écris j'oublie tout.
C'est ma vie.
Mon souffle d'oxygène quotidien.
Ma passion inextinguible et pure.

Je dédie ce roman à ma chère amie,
Elisabeth Bessot, décédée le 24 mai 2015.

Elle fut une amie précieuse.
Toujours là pour me donner son avis
sur mes écrits et m'encourager.

Merci d'avoir cru en moi ma chère amie.
Je sais que tu es aux côtés de ton fils
Thomas au firmament des étoiles.

Je remercie mes amies,
Gwladys Guillaume, Brigitte Lemoine et Hermine Tran
pour m'avoir aidée à la correction de mon roman.

Vous m'êtes très précieuses.
Merci pour votre présence bienveillante.

Chapitre premier
La confrérie des Elgéendsorde

La petite sorcière Mla se promenait sans grande joie dans la forêt aux feuilles écarlates.

Mla était soucieuse depuis fort longtemps, car une présence nullement visible la détournait de ses tâches quotidiennes. Elle voguait au sein de son esprit, étreinte par un sentiment s'installant en elle, la rendant amère. Elle voulait comprendre. Elle entendait des pensées ne lui appartenant pas. Elles l'appelaient, l'interpellaient ; la submergeant de désirs incertains qui la gagnaient au doute. Toutes ces pensées flattaient un bel inconnu qu'elle ne discernait pas.

Elles le jugeaient sans faille, sans peur, sans détour en criant sans relâche son nom :

« Ronès »

Un nom d'esthète, charmant, troublant, dont elle commençait à discerner l'aspect charnel. Elle ne pouvait le toucher, juste écouter ses plus secrètes pensées.

Des pensées à la curieuse mélancolie, maculées du sang qu'il avait déversé dans les plaines lointaines des plus arides pour sauver sa vie. Il avait eu peur au même titre que l'armée de Croisés qui s'était dressée devant un peuple se tenant vindicativement à la porte de sa cité. Une contrée à défendre contre ceux qui voulaient étendre leur terre pour un roi lointain qui se voulait maître du monde. Ce roi, tant aimé de ses troupes qui pourtant ne l'avaient jamais vu, se targuait de faux prétextes pour envoyer ses soldats mourir sans jamais revoir les leurs.

Rônès avait parfois pactisé avec l'ennemi, le temps d'une coupe d'eau de vie, assis à même le sol dans des tranchées poussiéreuses. Des soldats ennemis le jour, rejoints dans les rêves de paix le temps d'une nuit.

A travers toute cette terreur, une seule pensée lui dictait de tenir, en l'égarant loin de ces contrées jonchées de corps et de viles pensées.

Rônès la ressentait. Il s'imprégnait d'elle chaque jour, de sa force, de son essence. Il avait fui l'armée à laquelle il appartenait pour la rejoindre sur les terres ennemies. Il s'y était engagé en bravant mille dangers pour retrouver celle qu'il n'avait jamais vue mais qu'il comptait déjà dans ses souvenirs :

« Mla »

Elle était proche maintenant ; près du toucher enivrant.

Mla avançait sur ce sentier craquelant de feuilles tombées, annonciateur de l'automne qui s'abattait sur son monde. Elle savait qu'elle finirait par le rencontrer si elle persistait à marcher dans cette direction.

Ce pourquoi elle fut fortement déçue quand elle tomba nez à nez sur les membres les plus emblématiques de la confrérie des Elgéendsorde.

Le génie Malu, l'enchanteresse Katuo, l'elfe Jik et le démon Karm apparurent subitement à ses côtés. Mla ne cacha pas son désappointement.

- Que faites-vous là ? s'exclama-t-elle sur le champ.

L'elfe Jik l'entoura prestement de ses bras, tout en s'accroupissant, puisque Jik était grand et filiforme et que la sorcière ne faisait guère plus d'un mètre cinquante. Il s'exprima d'un ton faussement mielleux:

- J'entends vos pensées vouées à un mortel.

- Ne vous en déplaise, mes pensées prennent corps où elles veulent !

En entendant la réponse de la petite sorcière, Malu s'approcha d'un air nonchalant et presque apeuré.

Mla avait toujours de la fascination pour le génie et surtout pour ses magnifiques chaussures recourbées vers les cieux à leurs pointes. Son respect s'arrêtait là, car Malu était un être magique sans grand courage. Si son épouse, la très autoritaire enchanteresse Katuo, ne l'avait pas rudoyé en lui administrant une claque sur l'arrière de sa tête, il ne se serait jamais adressé à elle. Nul doute que Katuo tenait à ce que Malu transmette un message des plus importants.

Mais ce qu'il annonça à Mla n'éclaira pas davantage ses interrogations :

- Nous connaissons tous notre avenir sans pour autant y croire. Notre existence n'a plus d'intérêt quand on sait tout cela. J'aurais aimé qu'on me prive de ce don de voyance.

- Abstenez-vous de parler, si c'est pour dire des choses d'une affligeante banalité, dit Mla d'un air consterné avant de s'éloigner prestement.

Ils la suivirent avec ironie. Les sentant sur ses talons, la jeune fille leur fit face, très en colère, car Mla avait l'âge qui lui permettait encore tous les enfantillages.

- Laissez-moi !

- Petite sorcière, nous ne faisons que nous enquérir de vous. Nous sommes si maternels à votre égard, répondit benoîtement Jik.

- Notre clairvoyance…

- Taisez-vous, le génie ! Oui, je pense à un mortel ! Toutes ces émotions lorgnent, submergeant ma vie. Elles sont tant vivaces. Ainsi elles me menacent de tout posséder dans ma vie.

- Je vous l'avais dit, répliqua Jik, l'air dépité. Elle tombe amoureuse d'un mortel bas de gamme. Sacrilège, sorcière ! Allumez un bucher, qu'on la fasse frire sur le champ.

Jik s'envola tandis que Katuo se mit à chantonner en ramassant une branche d'arbre à ses pieds.

Malu fut fort offusqué en voyant son épouse se mettre à la tâche. Il jeta un bref coup d'œil au démon Karm qui examinait dangereusement les formes de Katuo ; ce qui fit qu'il oublia immédiatement la jeune sorcière.

- Vous, le démon du mal-bien, qui vous permet de détailler mon épouse de la sorte !? Sortez d'ici !

- Sortir de quoi ? Nous sommes en pleine forêt, répondit-il le sourire en coin. Et depuis quand mes yeux n'ont-ils point le droit de se balader légalement dans l'espace sans être inquiétés par le génie le plus benêt de toute l'histoire des êtres magiques ?

- Benêt !? Vous osez me targuer de benêt ?

- J'ai d'autres insultes à votre égard sur ma langue que je retiens pour ne pas offusquer les chastes oreilles d'une sale gamine, qui vient par ailleurs de fuir, finit-il par dire, l'air désinvolte.

Offusquée, Katuo lâcha son tas de bois, avant de s'exclamer.

- Oh, la sale petite gourgandine ! Se sauver de la sorte alors que nous voulions juste nous amuser à lui faire peur.

- Ma chère Katuo, si cela peut vous rassurer, nous lui avons fait grand peur.

- Vous croyez, mon cher démon ? dit-elle toute guillerette.

- Oui ma douce, répliqua le démon d'une moue charmante.

- Cessez vos simagrées, démon du mal-bien ! hurla le génie.

Jik se tenait sagement assis sur la branche d'un arbre, la jambe pendant dans le vide en prenant un grand plaisir à les voir se disputer, ainsi.

Le futur de Mla compromis par un mortel n'était pas la raison qui l'avait poussé à révéler cette information au démon, à l'enchanteresse et à son sot de mari. Il les avait prévenus pour les voir réunis tous les trois, sachant que le démon ne garderait pas ses yeux loin du décolleté plongeant de Katuo. Et que le génie remarquerait le jeu de séduction de ces deux tourtereaux, ce qui amènerait fatalement à une dispute.

Jik adorait ça. « La discorde ». Il jubilait tandis que les Elgéendsorde se disputaient l'enchanteresse, dont le regard en disait long sur son plaisir à voir deux êtres magiques se chamailler pour ses faveurs.

C'est à cet instant que Mla se réveilla en hurlant.

Elle resta un long moment à haleter assise dans son lit. Encore une fois, elle avait fait ce rêve où la confrérie des Elgéendsorde l'empêchait de retrouver ce mortel nommé Rônès.

A nouveau, elle n'avait pu le rejoindre.

Mla se demandait si ses dons de clairvoyance ne lui jouaient pas des tours pendables.

Est-ce le présage de grands malheurs, se demandait la petite sorcière ?

Mla sentit la mélancolie l'étreindre subitement. Elle eut envie de pleurer en ressentant que le jeune Rônès serait difficile à rejoindre au cœur de ses songes.

Chapitre deux
Au pays Toumn

Le génie Malu consultait la sphère des Sages, au sein de la salle du trône du pays Toumn.

La sphère, de vingt centimètres de diamètre, flottait au-dessus du sol du royaume nouvellement rebaptisé.

En effet, le roi Moulta était mort et, selon la coutume ancestrale, le nom du pays avait été débaptisé pour être renommé par celui du nouveau roi le gouvernant.

Le jeune roi Toumn avait pris ses fonctions de monarque à tout juste quatorze ans, et le génie avait été obligé de le servir comme il avait servi le roi Moulta. Tout en conservant le plus grand secret que ce royaume ait porté.

Si Malu avait été honoré d'être le génie attitré de feu le roi, il n'en était rien en ce qui concernait le nouveau monarque. Nul n'aimait Toumn, dont la méchanceté était connue bien au-delà des frontières de ce pays. Tous se disaient que son jeune âge en était la cause, mais le génie en doutait. Toumn était bien le plus détestable garnement qu'il lui avait été donné de connaître.

Malu aurait voulu avoir le courage de le quitter, cependant il aimait bien trop le prestige de sa tâche. Être le génie principal d'un royaume, quelle noble fonction. Tous les êtres magiques de cette contrée l'enviaient. Il en était fort flatté. Et puis, être au château lui permettait de se soustraire à la vue de sa harpie de femme enchanteresse.

Une révélation étrange de la sphère des sages sortit Malu de ses pensées. Ce qu'il y vit le rendit anxieux, puis mal à l'aise, et pour finir, il commença à paniquer.

- Cela ne me dit rien qui vaille ! dit-il sans se soucier que l'on puisse l'entendre. Ce don de clairvoyance m'horripile au plus haut point. Si je ne le possédais point, je ne saurais point et ma vie aurait un tant soit peu d'imprévu. Dois-je vraiment prévenir le Roi ? Si je le lui dis, il risque de déployer une colère telle qu'il pourrait ordonner la décapitation de gens du royaume. Peut-être même moi. C'est une éventualité que je déplore ouvertement.

Malu, bien trop occupé par ses interrogations, n'avait pas fait attention à l'entrée du roi. Celui-ci s'approcha silencieusement du génie, très intrigué par ses propos.

- Il vaut mieux que rien ne se sache. De plus, il n'y aurait aucune possibilité de changer l'avenir car il est écrit. Rien ne peut le faire changer. Ni moi, ni personne. Aucun sorcier, aucun enchanteur, ni démon et encore moins génie. Que pourrais-je y changer ? Je ne suis qu'un petit génie sans grand pouvoir. Comment pourrais-je prévoir la chute de notre roi ?...

Toumn, qui était à présent derrière Malu, posa sa main sur l'épaule du génie qui sursauta à son contact.

- « Ma bonne roi » Toumn ! Quelle surprise de vous voir en ce si bon matin.

- Il est plus de midi, génie Malu ! Le matin s'en est allé aussi sûrement qu'il reviendra demain.

- Oh, oui, suis-je bouffon ! Votre intelligence, « ma roi », me laisse sans parade.

Toumn comprit, face à l'air mielleux et apeuré du génie, que ce dernier tramait quelque chose de peu coutumier, néanmoins il lui fallait le rappeler à l'ordre sur le sujet le plus inavouable du royaume Toumn.

- Évitez le féminin, même en ma présence, si vous voulez conserver votre prestigieux poste.

- Oui, ma,... heu... Un millénaire d'excuses, mon bon roi Toumn !

- Dites-moi, je vous ai entendu converser seul. Vous parliez d'une chute.

- Oui, votre grâce... Je parlais de la chute...

Comme de coutume, quand le génie était acculé, il se gratta la tête énergiquement. Mais pour une fois, ce tic lui donna une idée pour se sortir de ce guêpier :

- La chute... De mes cheveux ! dit-il, fort satisfait de lui-même.

- Infâme bouffon, vous parliez de ma chute ! Mon royaume est-il donc attaqué ? Je n'en ai pourtant pas eu vent. Que dit la sphère des Sages ?... Répondez ou trépassez sur l'instant !

Le génie se boucha les oreilles, tant le jeune roi avait hurlé au plus près de ses « génifiques » tympans.

- Mes pauvres ouïes se traumatisent et se trouvent meurtries au son de votre voix aiguë. Cela va être de plus en plus difficile de vous faire passer pour un roi, à moins que vous muiez et que vous empêchiez vos charmants pectoraux de sortir, dit-il tout en indiquant avec bonheur la naissance d'une poitrine sur le torse du roi. Bien que, je sois fort aise de voir que vous vous transformez en une si charmante damoiselle.

Le roi resta sans voix un bref instant avant de renchérir sur un ton d'apitoiement :

- Vous seul savez que feu mon père a fait de moi un garçon le jour où je suis née car le pauvre roi en avait marre d'avoir enfanté seize pisseuses. Tout ça parce que la loi des hommes est immuable. Que la femme est reléguée à la reproduction et à la servitude de l'homme ! Pourquoi une femme ne peut-elle siéger sur le trône d'un royaume ?

- Certains pays auront cette ouverture mais vu la position géographique du vôtre, ce n'est pas pour tout de suite la libération de la femme. Que la magie nous en préserve. Une femme au pouvoir !

Il rit tandis que Toumn, désappointé par de tels propos, le rappela à l'ordre.

- Excusez-moi, je m'égare, dit le génie.

- Combien de temps faut-il patienter pour que les femmes aient légitimement le pouvoir de régner !?

- Encore un petit millénaire de servitude.

Toumn le dévisagea en mettant sa main sur le pommeau de son sabre. Malu baissa la tête en signe d'allégeance en tentant de rattraper ses propos maladroits :

- Sur l'échelle de l'évolution cela n'est qu'une boutade.

- Ainsi suis-je condamnée à jouer un rôle d'homme toute ma vie… Soit, je vais le faire avec passion ! J'adore la mise à mort, décapiter mes congénères masculins, les voir supplier à la vue d'instruments de torture moyenâgeux. Les dépecer avec de minuscules outils. Quel délice. Etre roi, cela a du bon. Je vais m'en accommoder.

Il s'approcha du génie avec un air sadique avant de reprendre la parole le sourire aux lèvres :

- Alors, de quelle chute parliez-vous ? Surtout ne répondez pas -vos cheveux- ; ou plutôt si, répondez -vos cheveux-, que je puisse vous les arracher un par un.

- Vous savez être persuasif quand vous voulez qu'on vous réponde sur le champ.

Le roi s'approcha menaçant.

Malu s'empressa alors de répondre :

- Les Ottomans vous attaqueront par le sud-est et gagneront très vite le château. Vous mourrez sans honneur, sans combattre. Cela se passera dans treize ans, deux mois, quinze jours et onze heures. Désirez-vous les minutes mon roi ?

Le monarque le regarda méchamment. Malu se mit au garde à vous.

- Veuillez excuser ma maladresse. Bien que je ne sache point pourquoi vous me regardez si durement.

- Que puis-je faire pour éviter ça !?

- A part quelques sortilèges pour conjurer votre chute, cela reste certain, dans treize ans…

Il lui fit un signe de la main en barrant son cou d'un geste qui signifiait la mort par décapitation. Toumn, décomposé, déglutit bruyamment.

- Si seulement vous possédiez des pouvoirs magiques. Malheureusement votre seule possession est un royaume voué à la destruction.

- Etes-vous mon génie pour me rassurer ou bien pour me détruire sans attendre que ces harpies d'Ottomans ne le fassent pour vous ? S'il en est ainsi, je veillerai à vous destituer de votre immortalité avant de trépasser.

- Une idée de génie vient de me trépasser… Heu, traverser l'esprit ! Peut-être une alliance avec des rois d'un pays fort puissant.

- Les rois mages seraient idéaux.

- Ils sont morts depuis fort longtemps.

- Paix à leurs âmes.

Il réfléchit, avant de reprendre sur un ton jovial :

- Peut-être le roi Louis VII ?

Malu le regarda avec une grande inquiétude.

- Pourquoi me regardez-vous avec cet air angoissé ?

- Le roi Louis VII, je ne pense pas que ce soit une très bonne idée. Ce roi est un gougnafier. Après avoir fait pacte d'alliance, par ces temps de croisades, il pourrait bien vous déposséder de vos biens.

- Je ne comprends point, génie, vous me donnez une idée pour me la reprendre aussitôt… Attendez ! Je viens d'avoir une vraie idée de génie !

- Alors là, j'ai peur ! répondit le génie avant de constater que le roi Toumn le regardait avec inimitié. Quelle est-elle, votre grandeur ?

- Epouser un sorcier des plus puissants.

- Un sorcier !?

- Oui, un sorcier !

- J'ai bien entendu que vous vouliez épouser -un sorcier- ?

- Oui, un sorcier, renchérit Toumn avec exaspération.

- Un sorcier, sorcier ?

- Vous êtes bouffon ou vous le faites exprès ?

- Si vous épousez un sorcier, votre couverture est compromise.

- Couverture ! Quelle couverture ? Je ne dors jamais avec une couverture ! Vous savez pourquoi ?

Malu resta un instant tétanisé par la stupidité du roi. Son entrain fut vite stoppé par le regard impitoyable du roi.

- Je donne ma langue au…

Malu se tut et cacha sa bouche en voyant l'air menaçant de Toumn.

- Finalement je crois que je ne vais rien donner.

- Ces affreux servants veulent ma mort ! Ma chambre est un gigantesque four. Les bûches crépitent tellement que je me mue en lave.

- Vous savez, dans le futur les gueux payeront une fortune pour goûter à la chaleur d'un sauna, répondit le génie avant de remarquer que Toumn le dévisageait de plus belle. Heu… C'était juste pour vous dire que je ne parlais nullement de couverture, mais de –couverture-. La couverture que vous prônez ; de femme à homme… Bref si vous épousez un homme, plus personne ne croira que vous êtes vous-même un homme.

- Je pensais à un sorcier femme.

- Oh, en bref une sorcière ! C'est le terme à employer.

- C'est évident sombre génie ! Votre stupidité fait peine à voir. Il faudrait qu'on vous enferme.

- En parlant d'enfermement, je l'ai été durant plusieurs siècles. Je fus libéré par un jeune homme du nom d'*Aladin*.

- Vous m'horripilez avec vos histoires à dormir debout !

- Celle-là est véridique, je vous l'assure. Elle sera même contée dans des dessins animés dans un peu moins de mille ans.

- Dessins animés ?

- C'est un procédé qui permet de…

- Taisez-vous !

- Oui votre altesse. Ne me coupez pas la langue.

- Il me faut la sorcière la plus belle, la mieux faite, pourvue de tous les charmes physiques qui soient.

- Intellectuelle aussi.

- Qu'elle soit intelligente m'importe peu !

- Soit ! Mais, pourquoi une sorcière des plus attirantes, rajouta-t-il en réfléchissant avant de reprendre des plus joyeusement : Oh, suis-je bête, vous êtes gay !

- Gay !?

- Oui, homo ! Votre inclination est vouée aux femmes ! Nous ne sommes point dans une époque propice à l'homosexualité mais pourquoi pas. Soyons fous, changeons les moeurs avant l'heure !

- Je n'ai que quatorze ans, je ne sais pas où va mon inclination ! Bien que je trouve certains de ces stupides hommes plutôt agréables à regarder. Tant qu'à épouser une femme pour garder mon statut de roi, autant qu'elle soit la plus belle qui soit pour que mon peuple la vénère à travers moi, ça va de soi. Il n'y a que la beauté qui détourne les hommes de leur intelligence. S'ils en ont une, évidemment. Quelle est la sorcière la plus puissante dans mon royaume ?

- C'est sans conteste la sorcière Mla. Sa puissance est incommensurable. Bien dommage qu'il ne vous faille point une enchanteresse, je vous aurais volontiers cédé mon épouse.

- Elle sera ma femme. Avec elle à mes côtés, personne ne pourra me détrôner.

- Ma femme !? s'exclama le génie tout guilleret.

- Non ! La sorcière !

Fort déçu, le génie renchérit :

- Bien dommage, ma proposition venait du cœur.

Il regarda la sphère des Sages et fit une grimace.

- Il y a un petit problème.

- Un problème ? Je suis le roi et en tant que tel je ne puis être refusé !

- C'est un fait invérifiable.

Il rit, puis cessa en voyant le roi le regarder avec sévérité. Il reprit plus sérieusement ses explications :

- Bref, les écrits disent que Mla aimera un brave gentilhomme de Constantinople. Ils se marieront et auront des descendants prestigieux.

- Les seuls descendants qu'elle aura seront ceux que je lui donnerai !

- Heu… L'insémination artificielle n'aura lieu que dans mille ans.

Le roi le regarda interdit sans saisir un traitre mot. Malu, comprenant que ses propos n'avaient aucun sens à cette époque moyenâgeuse, reprit promptement le fil de son discours :

- A fortiori cela ne se peut, les écrits…

- Déchirez-moi ces écrits !

- Les écrits sont les écrits, ils ne peuvent être déchirés.

- Tout écrit peut l'être. Nous récupérerons tous les grimoires et nous les brûlerons. Ainsi elle ne le saura jamais. Mes idées sont d'une telle grandeur. Dites-moi que je suis un génie ! dit-il tout en souriant fièrement.

- Bien, heu… Les écrits ne sont pas écrits, mon bon roi.

- Comment ça -les écrits ne sont pas écrits- ? Vous venez de dire qu'ils sont écrits. De ce fait s'ils sont écrits ils peuvent-être brûlés, déchirés, annihilés, évincés de la surface de la terre ! Vos écrits ne sont que des écrits, il ne peut en être autrement. Tout ce qui est écrit peut-être détruit !

- Si les écrits étaient écrits cela se pourrait, mais les écrits ne sont pas écrits comme l'écrit est entendu !

- Plaît-il ? Si ce sont des écrits ils sont écrits, et non écoutés ! Vous commencez sérieusement à me rendre folle furieuse avec vos écrits qui ne sont pas écrits !

- Fou furieux, ma vénérable altesse !

- Et vous savez qu'il ne fait pas bon me rendre fou furieux ! Car là, je coupe, je dissèque et je brûle toute personne qui se trouverait sur mon chemin ! Et vous, l'immortel, je ne puis vous terrasser mais je puis vous enfermer de nouveau dans votre lampe magique !

- Merveilleuse, mon roi.

- Magique, j'ai dit !

Le roi Toumn envoya un coup de pied dans la sphère des sages. Malu la fit disparaître avant qu'elle ne se disloque contre le mur de pierre du château fort du pays de Toumn.

- Veuillez accepter mes plus plates excuses. Mais quand je disais que les écrits ne sont pas écrits cela voulait dire qu'ils sont imprégnés en chacun de nous immortel sans vraiment en faire partie. Car ils sont immatériels. Ils appartiennent aux méandres de l'espace infini.

Il fit apparaître une voûte stellaire dans le plafond de la salle du trône.

- Mais encore ? renchérit Toumn sur un ton désabusé.

- Ils ne sont pas palpables.

Le plafond reprit sa forme originelle.

- Assez, sombre gueux ! Brûlez-moi tout !

- C'est impossible puisque je viens de vous dire qu'ils ne sont visibles que par les enchanteurs, les sorciers, les génies, les elfes, les démons et autres créatures ténébreuses. Et tôt ou tard, quand sa puissance sera à maturité, elle le saura.

- Maturité !?... Ne l'est-elle pas déjà ?

- Non. Voyez-vous-même. Par le pouvoir du génie Malu, que les lieux se rapprochent en secret !

Malu fit apparaître la sphère pour que le roi puisse voir Mla y apparaître. La petite sorcière chantonnait, l'humeur espiègle, dans une forêt. Sa voix était si douce que Toumn en resta bouche-bée.

« Je regarde l'avenir
Je contemple ma vie
En me promenant dans ce monde merveilleux
Il est présent
Voguant vers moi
Me rapprochant de mon amour
En chantonnant cet air magique
Dans ces cieux qui me rendent heureuse »

Mla se mit à crier les dernières paroles de la chanson, qui n'eût alors plus rien de mélodieuse, en dansant un rock endiablé munie d'une guitare qu'elle avait fait apparaitre.

« J'ai hâte de grandir
J'ai hâte de vieillir
Je ne veux qu'être là pour vous !
Je ne veux qu'être là pour vous !!! »

Consterné, le roi se détourna de la sphère. Malu fit disparaître l'image de la sorcière.

- Il s'agit d'une enfant !

- Non, pas tout à fait. Une sorcière ; une très puissante sorcière.

- Il ne peut s'agir que d'une enfant ! Elle n'a pas de formes ! Elle est plate comme un œuf ! Ne vous avais-je pas dit que je voulais une superbe sorcière, attrayante et pulpeuse au possible ? Et vous me proposez une petite fille !

- A peine moins âgée que vous. Une seule année vous sépare.

- Je suis un homme, moi !

- Heu ! Vraiment ?

- Je voulais dire que je suis adulte.

- Quatorze ans, est-ce vraiment l'âge de raison ? Je doute qu'il le soit pour gouverner un royaume aussi vaste. Bien que le Roi Soleil le fera, mais il sera fort intelligent et prompt à régner avec sagesse durant un temps... Puis la disette le rendra moins populaire.

- Plaît-il ?

- Veuillez me pardonner, je divaguais. Puis-je vous suggérer de séduire la jeune sorcière, qui, mariée à vous, défendra votre royaume de toute intrusion ennemie.

- Je préfère attendre qu'elle ait un peu forci du buste.

- Cela serait des plus sages si le gentilhomme de Constantinople en question ne venait sans tarder à sa rencontre.

- Vous voulez dire qu'il foule mes terres en cet instant ?

Malu lui fit un signe positif de la tête.

- Je vais trancher la tête de ce scélérat qui me prend ma promise !

- Votre promise ? Il faudrait dans un premier temps la séduire pour qu'elle le devienne. De plus, si elle s'aperçoit de votre condition féminine, cela ne sera pas aisé de l'en convaincre.

- Je suis le roi, elle se doit de me servir.

- Mla sera la plus puissante des sorcières. Rien ne la fera se plier à vous servir. Il serait plus sage que vous vous pliiez à une cour assidue. Gagnez son cœur et vous gagnerez la protection de votre royaume.

- Séduire une gamine, est-ce là votre idée ? Je vais tuer ce scélérat et je la séduirai plus tard.

Malu fit une grimace craintive avant de renchérir :

- Malheureusement, personne ne peut savoir qui il est. La sphère des Sages reste muette.

Dépité, Toumn alla s'assoir sur le trône et resta silencieux. Malu sifflota. Après un long moment il lui vint une idée qu'il lui plu de soumettre immédiatement à son souverain peu enclin à sourire. Malu sentait qu'il devait rassurer son roi s'il voulait rester dans ses petits papiers.

- Je vous conseillerais de la rencontrer sans tarder, suggéra Malu dans l'espoir de le réconforter. Elle sera flattée qu'un roi s'intéresse à elle. Couvrez-là de cadeaux somptueux.

- De cadeaux !? A cet âge-là, un paquet-cadeau fait l'affaire.

- Oui, si la jeune sorcière avait eu un an. Là, il s'agit d'une adolescente geignarde de treize ans. J'ai cru comprendre qu'à cet âge, elles sont plus attirées par ce qui brille.

- Des bijoux !? Voulez-vous me ruiner !?

- Non, votre radinerie ! Juste vous conseiller au mieux… Une fois couverte des biens les plus précieux, elle sera séduite. Mla vous épousera. Vous la confinerez dans ses appartements jusqu'à ce qu'elle soit femme, finit-il, l'air coquin.

Il réfléchit avant de poser un regard aguichant sur le génie.

- Suis-je plus belle que la beauté elle-même ?

Malu, ne trouvant de réponse qui satisferait le roi, réfléchit en le dévisageant. Puis, naïvement, il répondit sans grande conviction :

- A part votre verrue, vos orteils pointus et votre voix criarde, vous êtes plutôt…

Toumn le regarda férocement.

- Agréable à regarder, s'exclama-t-il, heureux d'avoir trouvé une parade.

- Faites qu'elle me trouve belle.

- Il n'est pas dans mes attributions d'ensorceler une sorcière.

- Faites qu'elle m'aime ! Ou je lance la chasse aux sorcières avant l'heure ! Et j'ajouterai à cela la chasse aux génies. En bref, je vous chasse tous de mon royaume, elfes, génies, enchanteurs, sorciers, démons !

- Tous ces noms réunis forment la confrérie des Elgéendsorde.

- Vous trouverez asile hors de mes terres si vous échouez !

- Vous savez vous faire entendre, roi Toumn. Je vais de ce pas m'enquérir de la sorcière. Je vous arrangerai un rendez-vous au plus tôt.

- Faites, faites et ne revenez pas sans bon augure.

Malu fit une révérence maladroitement avant de disparaitre sous l'œil satisfait du roi.

L'elfe Jik descendit du ciel, entra par le balcon d'honneur de la salle du trône et se posa derrière le roi.

Jik regarda avec ironie l'endroit où venait de s'évaporer Malu. Toumn fit volte-face et lui rentra dedans. Il hurla de peur.

- Qui êtes-vous ?... Gardes !

Les gardes entrèrent en menaçant de leurs lances jik qui s'élança dans les airs en un ballet aérien. Les gardes essayaient tant bien que mal de viser juste en bandant leurs arcs. Mais aucune des flèches ne put atteindre l'elfe, car il les transformait en pétales de fleurs. Il finit par prendre le dessus sur les gardes qui tombèrent un à un à terre.

Le roi, terrifié, se réfugia derrière son trône en voyant Jik s'avancer l'air hautain.

- Excusez ma maladresse de me présenter devant votre altesse sans m'être fait annoncer et d'avoir terrassé, si aisément, vos pitoyables gardes de pacotille, dit-il en appuyant son exploit avec cynisme. Rassurez-vous, ils n'ont pas trépassé. Ils sont emprisonnés dans les bras de ce soporifique Morphée. Ce jeune homme était d'un ennui mortel. J'en bâillerai presque.

- Qui êtes-vous ?

- Je vais vous aiguiller : dans Elgéendsorde il y a « El ».

- Elfe ou Lutin ?

Jik fronça les sourcils car il détestait être comparé à ces horribles lutins. Puis il répliqua avec emphase.

- Je suis l'elfe Jik, pour ne pas vous déplaire.

Toumn dévisagea la silhouette de l'elfe tant celle-ci tendait à être autant féminine que masculine.

- Etes-vous homme ou femme ?

- Mais, comme il vous plaira. Mon inclination ira vers le plus bienheureux de vos désirs.

- Vous êtes d'une telle subtilité ; c'en est déconcertant.

- Là n'est point mon désir. Mon désir est d'être désiré de vous en satisfaisant vos moindres désirs… Que de désirs en un sens.

Le ton mielleux de l'elfe déplaisait fortement au roi qui se reconnaissait en lui à bien des égards.

- Ai-je décelé une note mesquine qui ne devrait en aucun cas accéder à mes oreilles monarchiques ?

- Aucune mesquinerie ne saurait découler de moi.

- Que me voulez-vous ?

- Vous apporter mon aide, ma magnifique et époustouflante majesté.

- Pourquoi ?

- Je vous ai entendu converser avec ce stupide génie. Comme j'ai entendu sa femme l'enchanteresse parler en se frottant au célébrissime démon Karm. D'ailleurs dès que nous en aurons fini, j'irai de ce pas naviguer vers la demeure de votre génie.

Face à la mine peu rassurée du roi, Jik baisa d'un ton dans l'espoir de le rallier à lui.

- Mon plus cher désir est de vous servir de guide.

- Je n'ai point besoin de guide. Mon bouffon de génie me suffit grandement pour cela.

Jik s'approcha du roi, l'ai menaçant. Toumn, ne se sentant pas rassuré, fit mine de prôner l'air désinvolte.

- Il vous suivra, puis il vous désobéira, et enfin, il vous trahira, dit Jik sur un ton d'une extrême froideur.

- Le génie est un bouffon.

- Oui, cela est un fait. Et pour ceux qui ne le sauraient pas encore, vous vous chargez de le préciser en radotant à longueur de journée -mon génie de bouffon- ! Pitoyable.

Le roi le regarda furieusement, cependant il lui fit signe de poursuivre tant l'elfe avait aiguisé son intérêt.

- Je suis navré d'avoir à vous acculer. J'ose sans vergogne espérer que vous vous souviendrez de moi en temps utile. Sur ce, je vous laisse vous faire avoir par votre bouffon de génie, sa vipère d'enchanteresse de femme et son beau démon impétueux.

Il disparut dans un énorme éclair.

Le roi hurla de colère, puisqu'il lui était impensable de n'être qu'un être sans pouvoir, capable d'être malmené aussi aisément. Il fut néanmoins fort satisfait de voir ses gardes à terre. Personne ne pouvait colporter qu'il avait été bien pleutre.

Chapitre trois
Amour or not amour ?

L'elfe Jik apparut dans un nuage étincelant devant la porte close de la demeure du couple mythique formé par l'enchanteresse Katuo et le génie Malu. Il regarda autour de lui dans le but de s'assurer que personne ne l'avait vu.

La rue principale du village des Elgéendsorde voyait des dizaines d'êtres magiques danser et chanter en faisant leurs courses.

Jik avait en horreur le bonheur qui s'affichait sans retenue sur le visage des êtres magiques. Chanter était aussi absurde qu'inutile pour lui. Pire, le sourire de béatitude que tout le village prônait lui donnait la nausée. Comment faisaient-ils pour être si heureux alors que lui sentait son cœur éternellement insatisfait ?

Dans cette effervescence, personne n'avait remarqué Jik qui se dirigeait à la fenêtre de cette modeste demeure faite de bois et de chaume. Il s'accroupit en regardant discrètement à l'intérieur.

Dans la maison, Karm, le genou à terre tel un prince, faisait un baisemain à Katuo assise sur une chaise. L'enchanteresse se laissait emporter par le flot de paroles élogieuses du démon du mal-bien.

Karm semblait en transe à chaque nouveau baiser qu'il déposait sur les mains et les bras de l'enchanteresse, ravie de tant de passion déployée à son encontre.

- Ô katuo ! Ô mon enchanteresse ! s'exclama avec avidité le démon du mal-bien. Vous m'enchantez de toutes les manières qu'on puisse l'être. Voyez comme je vous aime, comme je vous vénère.

Il l'embrassa sur toute la longueur du bras sous l'œil fort satisfait de la belle Katuo.

- J'aime qu'on me vénère. Mais surtout j'aime la constance de l'être. Malheureusement, sitôt épousée, sitôt oubliée.

Elle se leva subitement en montrant son mécontentement et, d'une démarche lascive, s'écarta de lui. Elle ne daigna nullement le regarder, car elle savait qu'en entendant ses paroles, Karm ne pouvait que redoubler d'efforts pour la conquérir.

Jik, qui n'avait pas perdu une miette de ce qui venait de se dérouler dans le salon du couple le plus emblématique de la confrérie, leva les yeux au ciel avec un brin d'amusement.

- Jamais je n'oublierai mon amour pour vous, même après quatre cents ans de vie à vos côtés, reprit Karm avec entrain et charme.

- Même après quatre cents ans de vie commune ? dit-elle, en accompagnant sa réplique d'un rire haut perché pour bien souligner la fausseté des propos du démon. Je doute que vous teniez cet engagement, mon cher Démon Karm. De toute façon je ne compte point divorcer de mon cher génie d'époux.

Karm, fut fort surpris, car il n'avait jamais entendu un tel mot et se leva pour la rejoindre.

- Divorcer !? Qu'est-ce donc ?

Elle soupira grossièrement pour bien souligner la médiocrité du vocabulaire du jeune démon impétueux. Il n'avait que cent vingt-huit ans. On ne pouvait espérer qu'il soit cultivé. Elle lui pardonnait pourtant son peu d'instruction puisqu'elle le trouvait terriblement à son avantage, car cet être-là était sans conteste le plus désirable de tous.

- Votre don de clairvoyance est au plus bas. Divorcer veut dire... Divorcer ! Dans le futur on ne répudiera plus les femmes sans qu'elles n'aient le droit de prétendre à monnayer les biens amassés en commun durant les longues années de mariage obscur.

- Quelle catastrophe ! dit-il des plus navrés. Comment ai-je pu rater ça ? Le futur est immonde !

Elle le regarda fort mécontente en lui envoyant un éclair de foudre sur les fesses.

Il hurla de douleur avant de se frotter le postérieur l'air de ne pas y toucher.

Sentant qu'il perdrait les faveurs de l'enchanteresse en tenant de tels propos, il lui renvoya un regard complaisant, en renchérissant sur un ton mielleux :

- C'est un digne retour des choses.

- Mon cher démon Karm, vous n'arrivez point à la hauteur de mon génie de mari.

Il lui prit la main doucement.

- Ne suis-je pas des plus affectueux ?

Délicatement, il lui enserra la taille, comptant sur son beau regard de braise pour la gagner définitivement à lui.

- Je dois bien avouer que oui, dit-elle tout en lui caressant le visage. Vous êtes d'une telle beauté, pour un démon. Mais un génie… « génifie ».

Elle se détourna de lui en le narguant d'un déhanchement langoureux.

- « Génifie » !? Qu'est-ce donc ?

- Pure invention. Bref, un génie exauce tous vos souhaits. Je peux obtenir une bague à chaque fois que je le souhaite.

Elle lui mit sa main au plus près de ses yeux pour qu'il puisse admirer la bague éclatante qu'elle portait à son annulaire. Karm, mauvais perdant face à un tel cadeau de son concurrent, se détourna d'elle, vexé.

- Je croyais que les génies n'accordaient que trois souhaits ?

- C'est pour le folklore, et surtout pour que les hommes insatisfaits aient une limite. Car il est bien connu que, sans limite, l'homme abuserait de nos dons.

Il lui reprit la main tendrement en lui souriant caustiquement.

- Et cela n'affecte en rien les enchanteresses, compte tenu de votre bague !

- Croyez-vous que j'abuse de souhaits !?

- Non, non, enchanteresse Katuo, répondit-il en la serrant contre lui avec ferveur. Vous êtes ma Kat ensorcelante. Ma Kat enchantée. Je vous désire depuis que le jour est jour. Depuis que la nuit est nuit !

Il lui baisa bestialement la main tout en rugissant tel un lion affamé.

Apeurée, elle lui arracha sa main avant qu'il ne la lui dévore, en se rappelant que les démons du mal-bien avaient de bien curieuses façons d'exprimer leur amour.

- C'est bon, j'ai compris. Inutile de me manger la main, démon Karm, tout en lui souriant chaleureusement pour ne pas perdre ses faveurs avant de reprendre sur un ton aguichant : Mon beau ténébreux, finit-elle par dire avec un sourire des plus éclatants.

Jik, toujours à la fenêtre, entendit le génie arriver sur son tapis volant qu'il gara rageusement. Jik disparut pour réapparaitre devant lui.
- Bonsoir Malu !
Le génie fit un bond en arrière, surpris par cette arrivée inopinée, cependant il se garda une contenance en s'apercevant qu'il s'agissait de l'elfe.
- Pour les amis c'est Malu, pour vous c'est Monsieur le génie.
Malu le contourna et se dirigea vers sa demeure.
- Bien, soyons amis alors, rétorqua l'elfe sur un ton biaisé.
Malu, intrigué, s'arrêta brusquement dans sa marche. Il lui fit face en revenant vers lui.
- Pas de rebuffade ? En temps normal vous m'auriez asséné de mille jurons… Que désirez-vous, sombre elfe ?
- Aucun désir ne m'étreint. Je vous parle en toute amitié magique.
- Il fut un temps où cela aurait été possible. Mais maintenant que vous convoitez mon poste, notre amitié est non avenue.
- Moi, convoiter votre fonction ? Jamais ! Les elfes ne pactisent pas avec de vulgaires monarques. Puis-je vous conseiller d'entrer chez vous avec promptitude ?
Le génie le regarda, un instant, avec la plus grande méfiance.
- Décidément, je ne comprendrai jamais les mœurs elfiques.

Dans la demeure, l'enchanteresse s'était blottie dans les bras du démon à la minute où elle avait entendu son époux garer son tapis volant. Son but était bien de se faire surprendre avec le démon du mal-bien.

Elle redressa sa tête posée sur la poitrine musclée à souhait de Karm, dont la mine réjouie l'avait presque fait oublier où il se trouvait. Elle le regarda avec bonheur.

- Oh ! Serait-ce mon époux ? Mon cher génie prénommé Malu qui arrive sur l'instant ?

- Vous dites cela pour me taquiner ! répondit-il tout en roucoulant contre la poitrine de la belle enchanteresse.

- Ai-je l'aspect de quelqu'un qui taquine ? J'aime qu'on se batte, qu'on saigne, qu'on s'embroche pour moi ! Génie contre démon ; qui va l'emporter ?

Le démon recula hors de l'étreinte de Katuo en comprenant quelles étaient ses intentions et fit un bond pour se cacher derrière le siège à l'instant où Malu entra.

- Bien dommage, nous ne le saurons point. La suite dans le prochain chapitre, dit Katuo, l'air espiègle.

- Katuo, mon enchanteresse ! s'exclama Malu en s'approchant d'elle.

- Malu, qu'y a-t-il ? Vous semblez consterné.

Karm s'apercevant que Malu ne l'avait pas vu, essaya de se faufiler discrètement jusqu'à la porte.

- Et pour cause, j'apporte une nouvelle des plus déplorables.

- Oh ! Ça aurait pu être pire.

Elle fit un clin d'œil bien visible au démon qui venait de passer derrière son génie d'époux.

Malu, fort surpris que son épouse adresse une œillade au-dessus de son épaule, se retourna et vit le démon. Celui-ci lui fit face immédiatement en faisant mine de venir de pénétrer dans la pièce.

- Démon Karm !? Que me vaut votre visite ? Par tous les génies de l'univers, pourquoi entrez-vous sans vous annoncer ?

- Heu !…

Il regarda Katuo très embêté. Celle-ci, placée derrière Malu lui fit signe de se débrouiller pour trouver une parade digne d'un Elgéendsorde.

- Lors de notre dernière…

L'enchanteresse, voyant le regard apeuré du démon, fit quelques pas de danse dans l'espoir de lui donner une idée.

- Fête !… s'exclama t'il, fier de lui.

Il regarda de nouveau Katuo, l'air suppliant. Celle-ci fit mine de battre des ailes. Mais cela prêtait à confusion tant elle était des plus ridicules.

- Des poules !?…

Malu ne comprenant pas regarda Katuo qui lui renvoya un regard complexant et moqueur puis, dès que Malu refit face à Karm, elle se remit à battre des ailes pour aiguiller le démon toujours aussi peu convaincu par les gestes incompréhensibles de l'être magique.

Puis une lumière soudaine éclaira son esprit :

- Des Ailes !…

Katuo, lui adressa un sourire satisfait avant de faire mine de parler, et cette fois ci, le démon comprit immédiatement :

- Je conversais avec…

Elle se désigna.

- Katuo… sur les bienfaits de… de…

Exaspérée par l'incompétence de Karm, Katuo enlaça Malu.

- D'une machine futuriste qui lave la vaisselle. J'en voulais les plans. Et comme vous le savez, seuls les démons voyagent dans le temps.

Peu convaincu face à tant de simagrées, Malu repoussa son épouse et fit face à Karm :

- Oui, oui… Où sont les plans de cette machine !?

- Euh !... Je les ai avalés de colère ! dit-elle avant de rester bouche bée, un petit instant.

Puis, elle reprit des plus naturellement en faisant mine de s'énerver avant de pleurer tel un crocodile affamé :

- Car l'heure tardive me faisait penser que vous aviez trouvé une bonne amie au château !

- Plait-il !? s'éclama le génie.

Karm rit à gorge déployée. Malu le regarda, très contrarié, et il cessa de rire immédiatement, tandis que Katuo fit mine de pleurer davantage.

- Que vous en préfériez une autre. Que je ne comptais plus pour vous ! Oh, là, là ! Que de malheurs !

Malu la prit dans ses bras pour la consoler, navré d'avoir infligé un doute sur l'honnêteté de son mariage.

- Oh, non ma Katuo ! D'où tenez-vous une telle idée ?

- Comment renverser une situation ? Alors, là, je suis scié, soliloqua Karm.

- Vous n'êtes point épris d'une autre ?

- Non, malheureusement !

Elle le regarda, offusquée d'une telle réponse. Malu s'aperçut de sa maladresse et reprit maladroitement :

- Heu ! Je veux dire que l'idée ne m'avait jamais effleuré l'esprit… Si j'arrive à une heure aussi indue, c'est à cause du roi… J'ai vu dans la sphère des Sages que le roi Toumn allait être détrôné dans treize ans. Sur cette évocation, il a décidé d'épouser un être magique pour qu'elle le défende plus tard contre l'ennemi Ottoman.

Katuo prit une mine réjouie.

- Le roi Toumn veut m'épouser ? C'est pour ça que vous êtes si triste ?

Malu s'apprêta à parler, mais elle lui ferma la bouche sans qu'il n'ait eu le temps d'expliquer la situation.

- Ne le soyez point, je me dévoue sans pâlir pour sauver la confrérie des Elgéendsorde !

- Non ! Ce n'est pas vous qu'il veut, mais une sorcière puissante. Il veut Mla.

Karm et Katuo reprirent le prénom -Mla- en cœur, fort surpris que le roi s'intéresse à une sorcière aussi minuscule.

Malu, inquiet et paniqué, s'assit en faisant un bourdonnement continu.

- Il est vrai qu'elle sera pourvue de tous les charmes mortels et immortels quand elle sera adulte, reprit le démon tout en narguant Katuo d'un sourire charmeur. Son choix est judicieux.

- Si l'on veut. Tous les goûts sont dans la nature, reprit Katuo fortement désappointée.

- En vue de votre expression tourmentée, génie, je suspecte un -Mais-.

- Il n'y a pas de -Mais-… Cependant, la jeune Mla va rencontrer un gentilhomme venu de Constantinople ces jours-ci. Au premier regard, ils s'aimeront et uniront leur destin dans quelques années.

- Vous lui avez dit ça !? dit Katuo, offusquée.

- Je ne sais point mentir !

- Vous devriez demander à votre femme de vous donner des cours.

Discrètement, Katuo envoya un éclair de foudre sur le postérieur du démon.

- Enfin, je lui ai peut-être un peu menti quand même, reprit le génie fort navré.

- Hou ! C'est contagieux dans votre famille, renchérit malicieusement le démon.

- En quoi lui avez-vous menti, mon époux ?

- Il menaçait de tuer ce pauvre gentilhomme, alors j'ai certifié au roi que je n'avais point vu son visage. Ce qui est totalement faux.

- Pourquoi se mettre dans un tel état ? s'exclama Karm exaspéré que cette affaire prenne autant d'importance. Cela ne nous concerne en rien. Il ira courtiser la sorcière Mla et se prendra un râteau. Car nul n'ignore qu'aucun être de magie ne peut aimer un être aussi abject, hormis les enchanteresses avides de pouvoir et d'or.

Mécontente que le démon puisse la railler sans vergogne, Katuo se détourna de lui.

- Comment, démon ? Je ne comprends nullement vos propos.

- Oh, ce n'est qu'une boutade. J'aime m'entendre parler, dit-il tout en se mirant dans le miroir surplombant la commode. J'aime voir mon beau visage se mouvoir sous l'expression d'une pensée. En bref, je m'aime.

- La vie n'est point un jeu. Et la nôtre va être horrible si nous n'empêchons pas Mla de rencontrer Rônès. Le roi a menacé de lancer la chasse aux sorcières et aux autres êtres magiques si la sorcière ne l'aimait pas !

- Il ne peut pas faire ça ! s'exclama Katuo. La chasse aux sorcières n'est prévue que dans deux siècles !

- Aucun doute qu'il le fasse, reprit Malu, apeuré.

- Il est clair, Malu, qu'il mettra son plan à exécution si nous échouons.

Le génie se mit à trembler en imaginant tout ce qu'il pourrait perdre s'il ne se pliait pas aux désirs de son roi.

- Ce roi m'indispose, j'en ai des frissons. Il est une plaie dans l'univers Elgéendsorde

- Ce Roi m'inquiète, répondit Katuo en posant son front sur l'épaule de son époux. J'en frissonne autant. Plus rien ne le fera prendre femme parmi son peuple

- Dans ce monde gouverné par ces fous d'hommes, rien ne saura conjurer cela pour nous rendre nos vies.

Sur ces mots, Malu se détourna de Katuo et ouvrit une barrique d'eau de vie. Karm, courageusement vint lui enlever de sa bouche et d'un air autoritaire imposa sa réflexion.

- Prenons les devants et soyons plus rusés. Trouvons la sorcière Mla, vantons lui tous les mérites du roi Toumn pour garder nos privilèges.

Katuo fit une grimace de dégoût avant de renchérir.

- Cette Mla m'indiffère ; C'est une vile vipère !

« Non » s'exclamèrent, Malu et Karm en se regardant étonnés par de tels propos. Katuo les dévisagea d'une mine jalouse et empourprée en renchérissant pour se défendre d'accuser injustement :

- Elle est plus sournoise que les démons des vents. C'est une sorcière sans cœur, sans génie, damnée ! Elle n'aime personne à part elle. Son minois obscur est connu dans le monde entier. Sorcière, sorcière elle a l'âme d'une sorcière ! Vous n'êtes pas d'accord ? Il en est qui l'attestent sur l'honneur.

Malu et Karm se regardèrent encore plus étonnés de voir Mla dépeinte aussi sournoisement et reprirent en chœur avec un air niais :

- « Moi, je la sais pure comme une eau de source qui en jaillit. »

Katuo les poussa violemment au sol par une formule magique habilement pensée.

- Nous nous égarons, jeunes Elgé ! Pensons à nous. Reprenons en cœur l'hymne des Elgéendsorde ! conclut l'enchanteresse.

Les deux êtres magiques tombés à terre se relevèrent et se mirent au garde à vous, la main sur le cœur, aux côtés de l'enchanteresse qui en fit de même. Et ensemble, ils reprirent à l'unisson la devise ancestrale des êtres magiques :

« Ensemble nous sommes les Elgéendsorde
Ensemble nos pouvoirs sont décuplés
Nous défions l'homme
Les protégeant
Sans peur, sans crainte, c'est notre vie
Ce monde un jour nous rejettera
Nous serons de la littérature
Nous brûlerons,
Sur des bûchers
Raillés par des foules d'infidèles
Les enfants ne croiront plus en nous
Nous serons chassés du monde réel
Les cieux nous accueilleront »

Katuo sortit du rang et les fit revenir à l'objet de leur crainte :
- Parlons de la sorcière !
- Il n'y a plus de doute ; vous êtes bien une enchanteresse ! Toujours à nous casser l'ambiance !

Jik s'amusait beaucoup des propos de ses congénères, bien que la devise des Elgéendsorde lui semblait plutôt désuète.
- Il est des jours où je souhaiterais avec joie la surdité, dit Jik dans un murmure.

Karm sentit qu'une idée de génie germait en lui. Il était juste blessé qu'elle fut de l'ordre des génies. Pourquoi ne pouvions-nous dire -une idée de démon- ?

- Génie Malu, connaissez-vous la date de leur rencontre ?

- Bien sûr ! Pour qui me prenez-vous, démon du mal-bien !?

- Je ne mettais point en doute vos compétences.

- Quelle idée de quitter Constantinople pour nous embêter ainsi. Quand viendra-t-il ici, mon époux ?

- Le quinze octobre de l'an de grâce onze cent quarante-huit.

Katuo et Karm se regardèrent, terrifiés.

- Que se passe-t-il, ma Katuo d'Enchanteresse ? Etes-vous souffrante ?

- A quelle heure ce jeune bouffon doit-il arriver ?

Karm regarda la montre qu'il avait mise à son bras.

- D'après mon indicateur de mouvements solaires…

- Quelle drôlerie ! dit Malu en apercevant la montre que Karm exhibait. Qu'est-ce donc ?

Malu approcha sa main de la montre du démon qui le repoussa vindicativement.

- Made in 20ème siècle ! S'exclama Karm l'air satisfait d'avoir un objet que Malu pouvait enfin lui convoiter.

- Bien, revenons à nos moutons ! se ressaisit Malu en reprenant un air joyeux. Le gentilhomme arrivera à sept heures et trente-six minutes ; boum, le coup de foudre inévitable !

Karm gloussa avant de reprendre :

- Eh bien, mon cher génie, il vaudrait mieux qu'il soit évité. Car dans vingt minutes « boum, le coup de foudre inévitable » qui va tous nous exécuter sur du long terme, est à notre porte !

- Sommes-nous le quinze octobre ?

- Oui ! hurla Katuo. Vous êtes d'une telle stupidité ! Vous êtes la pire des calomnies qui se soient abattues sur cette terre !

Malu fit mine d'être fort satisfait de la réaction de son épouse.

- Nous avions fait un pari et vous venez de le perdre, cupide enchanteresse !

- Un pari ? J'adore les paris. De quel pari s'agit-il ? reprit Karm tout excité.

- Le premier qui manque de respect à l'autre doit lui rendre tous les cadeaux donnés depuis une année. Je savais que vous ne résisteriez pas longtemps à votre caractère de furie. Rendez-moi ma bague !

- Jamais !

Malu tenta d'arracher la bague du doigt de Katuo qui résista de toutes ses forces. Karm fort satisfait de les voir se disputer, s'interposa tout de même de peur que le génie ne défigure le si beau minois de son épouse.

- Temps mort ! Vous reprendrez cette dispute - quoique fort intéressante et jubilatoire- plus tard. Il ne reste plus que quinze minutes avant le coup de foudre.

- Comment empêcher cela !? reprit Malu en se souvenant de la peur qu'il avait d'affronter son roi.

- C'est vous, le génie, qui le pouvez. Il faut que vous lui fassiez souhaiter d'aller ailleurs. Envoyez-le sur Mars !

- Heu… Cela serait vraiment une idée de génie si nous projetions de le tuer vu que l'air y est inexistant, dit Katuo en faisant mine de s'étouffer. Quoique, nous pourrions lui octroyer un dôme de verre ; mais là ça devient bien trop futuriste pour notre époque moyenâgeuse.

Karm l'attrapa par les bras pour l'inciter à l'écouter.

- Katuo, ne vous avisez point de parler des dômes à qui que ce soit au risque de nous faire brûler comme hérétiques avant l'heure. Allons à sa rencontre.

Karm mit son doigt dans la bouche, puis le leva en l'air.

- Selon le sens du vent, le jeune homme navigue par-là, aux abords du pré aux fleurs géantes. Faisons comme si nous ne le recherchions point pour le prendre par surprise.

- Prenons mon tapis volant, s'exclama joyeusement le génie.

- Non, pas de tapis volant, cela pourrait l'effrayer.

- L'effrayer, le tapis ?, renchérit Karm, amusé par les propos de l'enchanteresse. C'est nos tenues folkloriques et le physique du génie qui risquent de lui faire prendre ses jambes à son cou.

Le génie le regarda de travers avant de faire face à sa femme.

- Vous l'enchanteresse, nous reprendrons notre dispute plus tard ! En attendant, suivez-moi !

Ils disparurent dans un brasier.

Jik se releva, l'air vindicatif.

- Les Elgéendsorde à la rencontre d'un mortel et moi… Petite Mla, il va falloir que vous ayez un peu plus de clairvoyance si vous voulez le rencontrer.

Il s'envola.

Chapitre quatre
Dans le pré aux fleurs géantes

Le crépuscule venait de tomber sur la forêt aux fleurs géantes.

Mla, les yeux fermés, avançait sur un sentier vicinal. Les arbres, les oiseaux et les fleurs dansaient tout autour d'elle.

Mla semblait conduite par une volonté invisible. Jik apparut sur la plus haute branche d'un arbre et l'observa un moment. La petite semblait hésiter sur le meilleur chemin à prendre. Puis, elle opta pour le sentier, ce qui désappointa Jik. Il se décida à disparaître de son perchoir pour apparaitre devant elle.

Tout autour d'eux, la forêt s'immobilisa, comme pour les écouter. Les fleurs géantes se turent, le vent cessa de siffloter et les oiseaux allèrent se reposer dans leur nid tout en gardant un œil sur les êtres magiques qui venaient enfreindre la paix d'un soir aux mille étoiles.

- Mla ! Quelle surprise de vous rencontrer en cette si belle fin de journée automnale.

La petite sorcière s'immobilisa, fort désappointée qu'on l'interrompit dans sa concentration.

- A qui ai-je l'honneur ?
- Vous employez le bon terme pour me qualifier, car il est vrai qu'il est fort honorable de me rencontrer.

Elle pouffa de rire, avant de renchérir sur un ton ironique.

- Connaissez-vous la modestie ?
- Je n'ai pas eu le privilège de lui être présenté.
- Par tous les sages ! Les elfes seraient-il donc tous incultes ? Passez votre chemin, une tâche très importante me tient en haleine.
- Serait-ce une sensation persistante insufflée par un Mortel basané ?
- Par quelle magie le savez-vous ?
- Pas si inculte l'elfe Jik, finalement. Très chère sorcière, vantez mes mérites et je vous dirai le plus secret de mes secrets.
- Quel mérite puis-je vous assigner, car il est clair que je vais devoir user de toute mon inventivité pour vous soutirer votre obscur secret.

Mla commençait à être intriguée par cet elfe, cependant elle était bien trop prise par la sensation que son Ronès était tout près d'elle, qu'elle préféra ne pas s'attarder plus longtemps. De plus, Jik l'inquiétait beaucoup avec son air mielleux et plein de fausse mansuétude. Il ne pouvait qu'être mauvais, pensa-t-elle.

- La réplique n'est point à moi, je crois !, s'impatienta l'elfe.

- Bon vent l'elfe !

Mla s'esquiva sur l'instant, laissant Jik décontenancé par une telle sorcière. Il s'envola et se posa devant elle.

- Attendez, mon p'tit têtard !

- C'est affectueux, ça ?

- Evidemment. Voyez, sorcière, mon extraordinaire bonté.

- Cela ne s'arrange pas, la modestie.

Elle se détourna de lui et continua sa marche. Jik fit un geste comme s'il voulait l'étrangler. Puis, il se mit à pleurer faussement en s'exclamant avec grandiloquence.

- Oh, que ce monde est cruel ! Le pâle reflet de cette lune naissante n'arrive même plus à engorger mon cœur d'espoir tant les êtres magiques ne sont plus imprégnés de la moindre clémence. Oui ! La compassion ne siège plus en eux. Ils ne sont plus habités par l'amour des autres du fait qu'en rencontrant un elfe ainsi dénué de mauvaises intentions ils ne savent plus reconnaître la bonté personnifiée. Me noierais-je éternellement dans ce monde cruel !? Ne verrai-je jamais mes semblables distiller la sagesse et…

- Halte là ! Vous me cassez les oreilles. Quoi !? Quoi !? Quoi !? Estampillez-moi de votre bonne parole qu'on en finisse avec cette abjecte mascarade !

Jik arbora un large sourire en s'adossant à un arbre, en pointant du doigt un lieu précis.

- Là.

- Quoi, là ?, renchérit-elle.

- Hâtez-vous car votre gros Rônès d'amour est à l'opposé de la direction que vous preniez… Allez-y. Il n'est pas dans la forêt aux fleurs géantes mais dans le pré.

Elle le regarda interdite sous l'œil hagard de l'elfe qui décida d'insister en prônant un air tendre et décidé :

- Allez, courez !

Mla ne comprenait pas pourquoi cet elfe lui prêtait son aide. Mais sans attendre plus longtemps, elle partit en courant.

- Et merci, c'est pour les licornes !? Ingrate ! Espèce de gueuse ! hurla Jik de toutes ses forces.

Chapitre cinq
Et un voyage à Tahiti ! Et un !

Il y avait plusieurs mois que Ronès avait quitté les siens pour suivre les tribulations de son cœur.

Ce matin, il avait senti que sa belle était proche et que son voyage s'arrêterait au crépuscule de ce jour.

Curieusement, ses pensées joyeuses venaient de prendre congé. Ronès sentait son cœur morose. Cela était arrivé subitement. Sa belle n'était plus si proche de lui.

Cinq minutes avant, il était tout en gaieté et avait ramassé quelques fleurs géantes pour les offrir à sa promise. Il avait été d'abord étonné de découvrir des fleurs qui lui arrivaient au-dessus de la taille. Il en avait cueilli quelques-unes, mais la lourdeur de celles-ci l'avait dissuadé d'en faire un bouquet. Une seule suffirait à son bonheur. Il avait donc laissé tomber sur l'herbe haute celles qu'il ne désirait pas garder.

C'était juste avant de ressentir que Mla avait disparu de son esprit. Il se sentit perdu, subitement. Rônès ne se doutait pas qu'au même instant, Jik avait réorienté la sorcière pour qu'elle le retrouve.

Rônès s'était assis sur une souche d'arbre pour réfléchir, les fleurs géantes à ses pieds. Quand soudain il vit Malu courir à sa rencontre. Rônès eut un réflexe militaire, quasi immédiat, en se levant et en brandissant son sabre à la lame courbe.

Malu freina sa course en constatant l'air patibulaire de cet homme, toutefois sa vitesse ne lui permit pas de stopper net et il percuta Rônès. Ce dernier, tomba en arrière à cause du choc de l'impact.

Malu eut du mal à se maintenir debout, il y parvint néanmoins, avant que Katuo, courant sur ses talons, arrive aussi vite sur lui et lui rentre dans le dos. Karm, juste derrière, ne put faire autrement que de percuter l'enchanteresse, ce qui lui plut grandement.

Les Elgéendsorde parvinrent tout de même à rester debout, bien que l'impact de leurs corps ne leur fit pas grand bien.

A peine les fesses de Rônès eurent-elles touché le sol d'herbe qu'il se releva rapidement pour brandir son sabre, face à ces êtres curieusement vêtus.

- Qui va là !? lança-t-il de sa voix la plus grave et menaçante.

- N'ayez crainte, mon bon jouvenceau venu de Constantinople, nous sommes là pour vous servir, renchérit Malu d'un ton chaleureux.

- Qui vous a parlé de ma provenance ? dit Rônès, fort étonné que de parfaits inconnus puissent le démasquer.

Karm repoussa le génie, en lui signifiant d'un regard accusateur qu'il venait de faire une bévue. Puis il adressa un sourire maladroit à Rônès.

- Vous venez de Constantinople ?

Rônès fit un signe positif, puis Karm regarda Malu en lui serrant la main chaleureusement avant de la lui écraser.

- Monsieur le génie Malu, vous êtes extrêmement perspicace. Vous me sidérez.

Malu hurla de douleur, car la force du démon du mal-bien était démentielle.

- Monsieur le génie !? dit Rônès tout sourire. Etes-vous vraiment un génie ?

- Le plus grand qui soit sur cette terre, répondit Katuo en s'approchant de lui tout en resserrant ses bras autour de sa poitrine pour que ses charmes soient des plus visibles. Toutefois nous sommes vraiment pressés. Si vous voulez en savoir plus il vous faut nous suivre hors de ce sentier pratiqué par les plus vils truands et trancheurs de têtes.

- Je n'ai peur de rien ! dit-il tout en brandissant son sabre. Qu'ils viennent sans tarder, je les embrocherai tous avec mon sabre. Que vos peurs s'estompent, je vous protégerai au péril de ma vie !

Katuo s'approcha de l'oreille du génie et parla en sourdine

- Si vous voulez mon avis, on n'est pas sortis de l'auberge.

- Quelle auberge ? Je n'en vois guère.

Malu avait répondu tout en regardant autour de lui, l'air dubitatif. Katuo fit mine de s'arracher les cheveux tant la bêtise de son mari la surprenait chaque jour un peu plus. Elle grogna fortement.

- C'est une image ; une façon de dire que rien ne va plus. Corsé !

Karm commençait à entrevoir la possibilité que l'enchanteresse succombe à ses charmes bien plus vite que prévu si jamais Malu continuait à se montrer aussi sot. Il s'avança tout près du soldat et de son index écarta le sabre dirigé contre son torse. Il prit la fleur géante que Rônès tenait dans l'autre main.

- Brave gentilhomme, tels que vous nous voyez, nous sommes bien plus puissants qu'une armée de Trolls nauséabonds. Nous sommes la confrérie des Elgéendsorde. Vous avez certainement dû entendre parler de nous ?

Rônès réfléchit avant de répondre sans grande conviction.

- Je suis vraiment navré de vous dire que -non-. Puis-je continuer mon chemin, nobles pèlerins ?

- Mais absolument non ! dit le génie, l'air offusqué. Nous vous proposons notre aide, et vous la refusez !?

- Calomnie ouverte ! Nous exigeons réparation, reprit Katuo, faussement indignée.

- Ne l'écoutez point, continua le génie en repoussant son épouse. La farce est son domaine. Je suis un génie et en tant que tel je vais vous accorder, non pas trois souhaits, mais… un souhait.

Karm se mit à rire aux éclats sous l'œil désappointé du génie. Il finit par attraper la tête du génie sous son bras en la serrant très fort tandis qu'il lui susurrait à l'oreille :

- Génie, un souhait c'est moins bien que trois souhaits.

- Ah bon !? renchérit le génie, fort étonné.

- Quand je pense qu'elle le préfère à moi. Le monde est cruel.

- Vous êtes un vrai génie !? Comme dans les contes de fée ? reprit Ronès très intrigué par tout ce qu'il voyait et surtout, tout ce qui se disait.

- J'en atteste, rétorqua Katuo toute souriante en brandissant sa main sous le nez du soldat. Regardez ma bague. C'est du vrai diamant. Je l'ai souhaitée et je l'ai eue, tout en narguant Malu du regard. Et je ne compte point la rendre !

Karm lâcha le génie pour donner une accolade fraternelle au jeune homme de Constantinople.

- Il y a un souhait qui est très au fait de la mode. Je vous conseillerais de le souhaiter pour vous-même.

- Quel est t-il ?

- Un repos bien mérité sur une plage Tahitienne.

Karm avait prononcé ces mots accompagnés d'un air très coquin.

- Tahi… Quoi ? répondit Rônès en cherchant dans sa mémoire si un tel lieu lui avait été conté.

- Essayez, c'est bronzé ! rétorqua Karm gaiement.

- Cela ne me plait point. Ce n'est pas le genre de souhait que je souhaiterais en premier.

Katuo s'interposa entre le démon et Rônès, qu'elle regarda sensuellement.

- Bien, celui-ci n'est pas un vrai souhait. C'est une sorte de bonus que nous vous accordons, puisque vous nous êtes tellement…

Elle s'arrêta brusquement, ne trouvant pas de mot enjôleur. Elle finit par supplier Malu d'un regard, qui, pour une fois, faisait preuve de plus d'initiative en mimant à son épouse un sourire chaleureux.

- « Sympathique ! », reprit-elle. Vous étiez prêt à braver mille morts pour nous. Nous savons nous montrer charitables.

- Au vingtième siècle, ce type de destination est hors de prix. Vous feriez une bonne affaire, rajouta Karm.

- Une petite cure sur une île paradisiaque, entouré des plus belles vahinés, dit Malu.

Katuo mécontente, regarda son génie d'époux qui venait de s'exprimer avec passion. Elle lui administra une petite tape qu'il ne daigna pas relever, trop pris par ses rêves éveillés. Malu reprit sur un ton tout aussi songeur :

- Nul homme ne pourrait refuser ça.

- Que devrais-je faire pour avoir un tel privilège, monsieur le génie ?

- Juste prononcer les mots magiques.

- Quels sont-ils ?

- S'il vous plaît et merci !

- Démon Karm ! Estampillèrent en cœur Malu et Katuo dans l'espoir que ce dernier cesse ses simagrées douteuses.

- Un peu d'humour, nom d'un enfer ! Ça ne ferait de mal à personne.

Katuo lui tira l'oreille pour lui parler au plus près.

- L'humour n'a plus lieu d'être car Mla arrive.

Malu fit une accolade fraternelle à Rônès avant de reprendre sur un ton sympathique.

- Pour tout génie qui se respecte, les mots magiques sont : je souhaiterais passer des vacances à Tahiti !

- Je souhaiterais passer des vacances à Tahiti, répéta Rônès sur une intonation dubitative avant de renchérir sur un ton plus convaincu : Non, finalement je préférerais un autre bonus.

Malu rit à gorge déployée, sous le regard ravi de ses acolytes.

- Trop tard mon bon gentilhomme, le souhait est souhaité. Par le pouvoir du génie Malu, votre souhait est exaucé !

Une formule magique après, et Rônès disparut dans un éclair bleuté.

- L'affaire est faite ! s'exclama Karm.

Mla entra dans le pré aux fleurs géantes en chantonnant « *j'ai hâte de grandir* ». Elle vit les fleurs cueillies par Rônès, que ce dernier avait laissées expier sur l'herbe.

Karm fit un clin d'œil à ses acolytes en apercevant Mla.

- Maintenant, convainquons Mla ! reprit gaiement l'enchanteresse.

Mla fut fort surprise d'entendre son nom.

- Aurais-je entendu mon nom ?

Ils se retournèrent en faisant semblant d'être surpris de la voir et s'exclamèrent en chœur.

« Mla ! Quelle surprise de vous voir ici ! »

- Ne m'imposez plus un temps aussi court, mon cœur n'y résisterait plus.

En prononçant ces mots, Malu se laissa tomber sur le sol, mais avant même de l'avoir atteint, son tapis volant s'interposa et le recueillit délicatement sur ses fibres délicates.

- Vous avez un cœur, vous ? renchérit Karm avant de s'apercevoir que Mla regardait dangereusement la fleur géante qu'il avait usurpé à Rônès.

- Votre fleur est d'une telle beauté. Elle me semble... familière. A qui appartient-elle ?

- A un gentilhomme que nous avons expédié à Tahi...

Katuo et Malu hurlèrent en entendant Karm divulguer l'affaire. Karm se masqua la bouche en se rendant compte de son erreur. Katuo se précipita aux pieds de Mla. En s'accroupissant, elle prit affectueusement les mains de la sorcière.

- Sorcière Mla, que me vaut votre venue aux abords de la forêt des saules qui rient et de celle des fleurs géantes ?

- Je n'en sais rien. Des voix dans ma tête m'ont poussée à venir ici. Comme si quelque chose de fort important devait arriver. Je ressens comme un vide maintenant. Je n'y entends rien.

- Ce n'est rien, jeune sorcière. Ces voix sont très incertaines. Je gagerais même de leur sournoiserie.

- En êtes-vous sûr, génie, reprit la petite fille, dubitativement.

- Votre présence en ce lieu est un ravissement incessant. Nous vous voyons fort peu.

- Que de flatteries pour un démon démoniaque. Cela cacherait-il un obscur complot ?

- Alors, là, vous me peinez, très chère sorcière, reprit Karm l'air faussement consterné. Comment pouvez-vous me rabaisser à de vils actes ? Je suis un démon, c'est un fait, dit-il en reprenant un ton des plus souriants et charmeurs : Mais un démon fort sympathique et apprécié, à qui sait cerner mon cœur.

Il avait dit cette dernière phrase en baisant la main de la sorcière tout en lançant un regard coquin à l'enchanteresse qui se relevait.

- Veuillez m'excuser, si je vous ai offensé, répondit Mla, toute empourprée.

Katuo, souffrant de voir le démon se rapprocher de la jeune sorcière, décida qu'il était temps d'en venir à la raison de leur présence en ce lieu.

- Trêve de bavardages inutiles. Connaissez-vous le roi Toumn, chère sorcière ?

- Oui, de nom. On le dit fort hideux.

- C'est totalement faux ! rétorqua Malu très embêté qu'elle ait eu vent de ça. Il possède un physique des plus particuliers, que tous les hommes lui envient.

- C'est surtout ses trésors ; ses montagnes de trésors que les hommes lui envient. Si je n'avais pas, par pure folie, pris époux, je le courtiserais sans attendre.

- Ah oui ? Pourquoi, enchanteresse Katuo ?

- Le roi veut prendre épouse sans tarder.

- Je suis sûr que les forces qui vous ont poussée à emprunter ce chemin en cette heure bien tardive ne doivent pas être étrangères à la venue du roi en ce même lieu, ce soir, attesta Karm.

- Se peut-il que vos voix vous dictent d'épouser le roi Toumn ?

- J'en doute, enchanteresse puisqu'elles m'ont dit que mon brave gentilhomme se prénomme, Rônès.

- Par la foudre et les tempêtes, c'est le deuxième prénom du roi ! reprit Malu.

Karm et Katuo se regardèrent incertains tout en s'exclamant en chœur :

« Ah, bon ! »

Malu leur fit un clin d'œil.

- Oh, oui ! Suis-je stupide, je l'avais oublié. Rônès !!! Il adore qu'on l'appelle ainsi en privé, reprit l'enchanteresse.

- Mon futur époux, serait donc le roi Toumn ? En êtes-vous certains ?

- Nous n'abuserions point de votre crédulité. Entre Elgéendsorde, point de mensonge mais que d'amour à partager.

Karm était fort heureux de constater à quel point Katuo excellait dans le mensonge. Il était fier de remarquer que ces intonations sonnaient juste et combien sa sournoiserie atteignait parfois des sommets.

Karm était le démon du mal-bien, ce qui signifiait qu'il y avait des périodes où le bien était son apanage et d'autres périodes où le mal était son frère d'armes. Bref, quand le mal était trop important chez les êtres mortels son rôle consistait à distiller du bien dans le monde. Il enrayait les épidémies, il faisait en sorte que le progrès explose, il donnait de la richesse à ceux qui n'en avaient point et bien d'autres bonheurs qu'il répandait sans compter. En revanche si le bien était trop répandu dans le monde, ce qui arrivait relativement rarement, compte tenu que les êtres mortels étaient plus enclins à détruire qu'à construire, il donnait du malheur à tout va. Et le fléau était justement ce qu'il faisait en ces temps trop paisibles sur les terres Toumn.

Mla réfléchissait en caressant la fleur que Karm avait subtilisée à Rônès quelques minutes plus tôt.

- Suivez-nous, Mla, dit Malu l'air rassurant. Nous allons vous introduire à la cour du roi le plus grand que cette terre ait porté.

Malu sentait bien que sa réplique n'avait que les dehors de l'honnêteté, car au fond de lui il s'en voulait déjà d'induire la pauvre petite fille en erreur. Dans son for intérieur, il espérait que la sorcière ne se laisserait pas berner aussi facilement. Mais malheureusement, Mla lui adressa un sourire des plus confiants, attestant qu'elle comptait les suivre.

Malu ne le montra pas, mais il était fort chagriné de se constater vil.

En prononçant la formule magique de téléportation il s'en était voulu de s'abaisser à de telles manigances, indignes d'un Elgéendsorde, et cela pour la modique somme d'un trône en péril.

Il aurait voulu s'enfermer dans la lampe merveilleuse pour ne pas se maudire d'être si avide de pouvoir et de sacs d'or.

Chapitre six
Se garder

Trois jeunes Tahitiennes en pagne s'amusaient sur une plage d'une île du pacifique sud. Elles chantaient et dansaient sur une musique folklorique.

Rônès apparut dans la même position où il avait disparu emporté par son vœu non voulu. Il regarda autour de lui avec étonnement, puis il vit les jeunes femmes qui l'aperçurent au même moment. Elles furent effrayées et aussi intriguées. Rônès leur fit un sourire de béatitude, séduit par tant de beauté.

Les femmes surprises de son accoutrement s'approchèrent en se murmurant quelques mots à l'oreille.

- Euh… Bonsoir… Je veux dire bonjour…

Elles s'avancèrent d'une démarche lascive.

- Votre soleil est bien haut perché… Il y a quelques secondes c'était la nuit noire.

Une des jeunes femmes lui effleura l'épaule en lui lançant un regard langoureux. Rônès ressentit un émoi violent lui parcourant tout son corps. Il fallait qu'il dise quelque chose pour se soustraire à ses sens ravivés par tant de charme déployé.

- Enfin, noire, par vraiment... Le ciel était parsemé de ses superbes étoiles...

Une autre jeune femme lui toucha le dos. Rônès recula, très apeuré.

- Je vous prierais gentes dames de vous garder loin de moi... Mon cœur est épris d'une jeune femme magnifique si je puis dire. Car effectivement je ne connais aucunement son visage.

Elles l'entraînèrent à s'asseoir sur le sable blanc en lui retirant ses bottes.

- Ah, non ! Je vous prie d'être moins entreprenantes. Ma raison ne saurait accepter un rapprochement aussi brutal.

Elles se regardèrent sans comprendre ce que le bel inconnu leur disait. Qu'importait, elles étaient plus intriguées par la côte de maille qu'il portait. Elles lui enlevèrent promptement ainsi que sa tunique. Elles regardèrent ce vêtement des plus étranges avant de le jeter en posant un regard lascif sur le torse du beau Rônès, de plus en plus décontenancé. Elles le touchèrent dans une caresse brûlante de sensualité.

- Oh là là ! Je m'exprime sans saveur. Quand je disais -brutal- je ne parlais pas de vos mains si... délicates se promenant sur mon corps extrêmement musclé mais de l'empressement dont vous jouissez à le faire et j'emploie vraiment le mot adéquat à votre promptitude... Sachez que je suis un homme fidèle et serti de piété...

Elles lui retirèrent sa ceinture.

- Mon vœu le plus cher est de me garder pour ma future jeune femme et si vous continuez à me toucher de la sorte je ne saurais répondre de moi... Je suis un homme de bonne volonté.

Elles lui enlevèrent ses chausses et ses braies. Il ferma les yeux pour se convaincre d'être plus fort que son envie pressante.

- Je veux me garder vierge ! Je veux me garder vierge !! Je veux me garder vierge !!!

Répéta-t-il, pour se convaincre de ne pas céder à la tentation. Il ouvrit les yeux.

- Au diable les hommes de bonne volonté ! S'exclama-t-il avec un sourire sadique.

Chapitre sept
Passez votre chemin.
Point d'amour en ce lieu

Mla s'était adossée au trône du roi Toumn.

Elle regardait étrangement les fleurs cueillies par Rônès. Elle se sentait très proche d'elles, mais n'arrivait pas à comprendre pourquoi des fleurs géantes, aussi insignifiantes qu'inutiles, tant elles tendaient à se flétrir d'avoir été arrachées à la terre, lui étaient familières.

- J'ai l'étrangeté de penser que vous avez appartenu à quelqu'un que j'affectionne.
Elle attendit quelques minutes que ces demoiselles les fleurs lui répondent avant de reprendre sur un ton charmant.
- Dites-moi mesdames les fleurs, par qui avez-vous été cueillies ?...

Ne voyant aucune réaction de leur part, Mla détourna le regard d'elles avec désinvolture et soupira grossièrement.

- Pourquoi vous refusez-vous à me donner une réponse claire et distincte ? Avez-vous peur de déplaire à quelqu'un ?...

Elle les toisa avant de renchérir d'un ton des plus cyniques.

- De toute façon vous serez mortes dans quelques heures ; alors, que vos vies si éphémères servent à quelqu'un...

Elle tendit l'oreille fort amusée.

- Tiens, j'entends des pas écrasant vos mères, vos pères, vos sœurs ; bref, vos proches. Je suis navrée pour vous, vous n'êtes bonnes qu'à cela. Je prie le ciel de ne jamais être changée en une de vos congénères. Hou, quelle horrible destinée que la vôtre, mesdames. Adieu !

Avec le plus grand mépris elle jeta les fleurs, fort vexée qu'elles n'eurent voulu lui porter assistance. C'est à ce moment précis que le roi entra, suivi par les Elgéendsorde.

La sorcière se précipita vers eux avec espièglerie.

Toumn, après un instant de stupeur dû à la petitesse de la sorcière, se ressaisit en prenant un aspect - tombeur- en s'approchant d'elle. Les Elgéendsorde se regardèrent avec ironie.

Toumn lui tendit la main pour qu'elle la lui baise. Mla fit une grimace de dégoût.

- Bien le bonjour, sorcière Mla !

Mla se mit à rire aux éclats tout en reculant pour bien signifier au roi qu'elle ne comptait pas lui baiser la main. Puis, sur un ton sarcastique, elle lui répondit :

- J'y vois clair. Pourtant la clarté du soleil n'est point de mise puisque la lune nous éclaire. C'est bien le bonsoir qu'il faudrait dire.

Toumn fort surpris d'une telle réponse et surtout de voir que la jeune fille ne le saluait pas avec tous les honneurs dus à son rang, jeta un bref regard à Malu qui lui renvoya un sourire coincé. Toumn, fort désabusé, refit face à Mla en lui répondant maladroitement.

- Plait-il !?
- Je faisais un peu d'humour, dit Mla fort insatisfaite que sa boutade ne l'ait pas atteint.

C'est à cet instant que Toumn comprit que la jeune sorcière l'avait taquiné gentiment. Il envoya un regard désespéré au génie qui lui fit un signe rassurant en lui indiquant de poursuivre la conversation. Le jeune souverain s'exécuta en adressant un sourire niais à la petite fille.

- Oh oui, de l'humour, dit-il en riant aux éclats. Je ne veux point vous déplaire, ajouta-t-il en lui tendant de nouveau la main.

- Pathétique, répliqua-t-elle en mettant son doigt dans la bouche pour bien souligner son envie de rendre son repas.

Puis elle fit une grimace de dégoût en voyant le roi toujours dans l'attente qu'elle lui baise la main.

- Pourquoi me tendez-vous la main? reprit-elle d'un air faussement innocent.

- Pourquoi !? répondit-il fort inquiet des mauvaises manières de la sorcière avant de poursuivre. C'est évident, vous devez me baiser la main en signe d'allégeance.

- Je suis une sorcière qui ne voue allégeance à quiconque !

- Je suis le roi ! Un très grand roi !

- Certes, mais pas par la taille !

Toumn de plus en plus excédé réprimanda Malu du regard. Ce dernier lui fit un sourire contrit en lui faisant une courbette maladroite. Katuo repoussa son époux, déçue de le voir si poltron face à ce roi stupide. Il perdit l'équilibre en tombant sur le postérieur sous le regard de Karm, fort amusé par ses acolytes.

Katuo s'avança vers le roi en affichant un charmant sourire pour qu'il en fasse de même envers la sorcière. Toumn resta un moment sans réaction avant de se détourner de l'enchanteresse en prônant un sourire des plus faux pour s'adresser à Mla.

- Vous avez de la chance que je sois bon, conciliant et magnanime.

- Vous êtes tout cela !?... J'en suis écartelée ! reprit-elle sur un ton caustique.

Le roi ne se laissa pourtant point démonter. Il posa sa main sur l'épaule de la sorcière en prenant un ton des plus grandiloquents, le sourire en coin.

- Je ne suis qu'un roi sans nulle attache. Je traverse les âges, grandissant sans charme. Je n'ai jamais été épris. Pire encore, l'amour n'a jamais voulu m'atteindre, ni m'emprisonner. J'ai tant besoin d'être aimé, d'être choyé. Une femme, pourvue de toutes les qualités physi…

Il s'interrompit en constatant la totale platitude du torse de la sorcière. Après une brève grimace il reprit son sourire à l'étrange fausseté.

- Une promise sans faille. Finalement une femme, une sorcière, qu'importe, tant qu'elle m'idolâtre...

Mla regarda Katuo, Malu et Karm des plus consternée par de tels propos dénués de modestie. Elle leur jeta un regard qui demandait :

-qui est ce nigaud ?-. Toumn la força à revenir à lui en la prenant dans ses bras.

- Je vous regarde pour la première fois et mon cœur s'emballe. Je sens mon devenir, devenir triomphal. Je ne suis là que par votre unique désir. Qu'est-ce que vous en dites ?

- Point de paroles, vous m'avez mise au tapis, lança-elle le sourire contrit.

Il lui mit la main sur la bouche pour qu'elle se taise et reprit gaiement sa plaidoirie.

- Soit, c'est bien la lune qui me voit rougir.

- Ah, vous en êtes encore là. Ça cogite dur dans votre boite crânienne, lança Mla sur un ton malicieux, mais Toumn n'écouta pas et continua son monologue maintes fois répété dans la journée.

- Point de doute, que je suis très beau. Vous me désirerez à vie.

- Moi qui pensais que vous ne pouviez dire plus de bêtises. A priori vous en avez plein vos bourses.

Mais malgré son ton ironique Toumn continua de plus belle, laissant Mla estomaquée.

- C'est un beau conte de sorcier, non ? Comprenez-vous votre chance ? Car dans tous les royaumes, sur mon passage, des milliers de femmes tombent dans les pommes.

Katuo, Malu et Karm pouffèrent doucement pour ne pas être entendus par Toumn, tandis que la sorcière ne se cacha pas de glousser à sa vue.

- Je suis roi pour des temps immémoriaux. Hélas, gouverner seul n'est pas vraiment jouissif. Ne vous faites pas prier, prenez place à mes côtés.

Mla fit une grimace de révulsion. Puis, elle se mit les doigts dans les oreilles pour les boucher. Mais rien n'y fit, elle l'entendait toujours débiter des âneries.

- Vos beautés enchantent des légions, c'est votre atout le plus sûr. Votre capacité de séduction vous rend si majestueuse. Depuis que j'ai entendu votre nom, mes rêves sont parsemés de vous.

- Cet amour vient de germer, il ne peut être qu'illusoire ! renchérit aussitôt la petite sorcière excédée par tant de simagrées.

- Non ! Il est dicté par mon cœur qui souffre de votre incrédulité persistante.

Mla ressentait que ce roi lui versait pommade sur pommade. Elle se demandait pourquoi et dans quel but Toumn la caressait dans le sens du poil. Elle n'était rien de bien important pour lui. Elle ne possédait nuls biens, nul pouvoir qu'elle aurait pu à son âge utiliser à ses fins. Alors pourquoi donc lui faisait-il tant de louanges ? Puis, Toumn lui susurra ces paroles avec une telle force de conviction qu'elle commença à y croire. De plus, les visages souriants de ses amis de la confrérie lui renvoyaient qu'elle n'avait pas à douter qu'un roi puisse s'éprendre d'elle. Et puis, n'avait-elle point ressenti que son Rônès était des plus proches d'elle au moment où Malu, Katuo et Karm lui avaient affirmé que Toumn était son futur époux ?

- Je suis le roi et en tant que roi je sais mieux que quiconque ce que je ressens. Je vous le demanderai sans relâche : soyez ma reine, Mla !

Elle resta un instant sans voix, prise par le doute le plus grand. Elle entendait ce qu'il disait, mais rien ne lui fit croire à la véracité de tels propos. Puis elle entendit son cœur qui lui disait « non, ce n'est point ton promis ! » Elle recula pour se soustraire aux mains du roi qui lui tenait fermement les épaules.

- Toute votre belle prose ne saurait me rallier à votre cause. Je sens bien qu'il n'en est pas autrement.

Toumn l'affligea, de nouveau, de son plus minable et faux sourire de gêne avant de renchérir avec une conviction s'effritant de plus belle :

- Pourquoi me résister ? Vous savez alors que votre âme est mienne. Elle sait bien mieux que vous reconnaître ce qui vous sied et me plait.

- Je vous prie de cesser cette comédie dénuée de bonté.

Les Elgéendsorde commençaient à réaliser que la tâche était plus ardue que prévu d'induire en erreur la sorcière.

Katuo l'avait jugé stupide mais elle réalisait qu'elle s'était bien leurrée.

Pourtant, le roi ne se laissait pas démonter.

- Venez dans mon royaume de lumière et vous n'aurez point de crainte. Je ne puis vivre pour être refusé.

- Non, mon amour appartient à un gentilhomme du sud !

- Oh ! répondit Toumn sur un ton faussement mielleux. Puisque vous le dites, présentez-moi ce chanceux que j'en fasse mon festin.

- Comment !?

Le roi, s'apercevant que la petite sorcière risquait de prendre ombrage s'il avait des intentions belliqueuses envers ce soldat de pacotille, lui sourit confusément en tentant de rattraper ses mots si maladroits.

- Aurais-je prononcé un mot !? Non, la gentillesse est de mise. Je ne suis que bonté. Présentez-moi cet honorable gentilhomme.

- Malheureusement je ne le connais point, dit Mla d'un air triste. Son essence m'apparaît dans mes rêves les plus suaves.

- Alors ce n'est qu'un songe sans nulle consistance.

Il vit que la petite fille était bien attristée par ses propos ce qui fit qu'il en rajouta une couche, fort satisfait de lui-même.

- Chassez ce désir hors de votre exquise personne. Cet homme n'existera jamais.

- C'est impossible ! Vous vous égarez, roi. Vous n'êtes point un être magique. Le devenir des hommes ou sorciers vous est inconnu.

- C'est bien vrai !

Malu s'était exclamé sans même s'en rendre compte, tant il commençait à se sentir des plus malhonnêtes à laisser la sorcière dans une situation aussi vile. Mais Karm et Katuo, moins prompts à la bonté, essayaient de lui fermer la bouche, car ils craignaient autant les foudres du roi que celles de la sorcière.

- Génie Malu, ai-je sollicité votre avis ?

- Je pensais que…

- Veuillez clore votre bouche et sortez !

- Bien, votre sublime majesté.

- Sortez tous !

- Nul besoin de m'en prier, s'exclama Mla toute en joie de pouvoir quitter le château du royaume Toumn.

- Non, vous, restez !

Le démon du mal-bien les regarda très ennuyé.

- Bien dommage ! J'aurais aimé assister à la déclaration d'amour du roi à sa dulcinée.

- Quelle déclaration d'amour ? Vous rêvez, mon cher démon Karm ! Le -râteau- est de mise !

Katuo et Karm disparurent, tandis que Malu resta sans bouger, bien trop empli de culpabilité pour les suivre. Mais Katuo réapparut à ses côtés en lui administrant une tape sur le sommet de son crâne. Et dans une formule magique elle disparut avec lui.

72

- Où en étions-nous, merveilleuse sorcière ? dit-il des plus mielleux.

- Nous en étions restés à votre prétention de croire que vous connaissiez l'avenir, dit-elle avec un brin de malignité.

- J'ai dit ça, moi ?

- D'une certaine manière, Roi Rônès !

- Rônès !? Non sorcière, vous vous méprenez. Je suis le roi Toumn ! s'écria-t-il avant de reprendre avec un sourire des plus mielleux. Le seigneur et maître de ce royaume que vous foulez avec tant de grâce.

- J'avais cru comprendre que vous aviez reçu en deuxième prénom celui de Rônès ? demanda-t-elle de plus en plus effarée qu'on ait pu lui mentir.

- Par tous les sages, quel prénom ignoble ! Il ne peut être attaché à un roi aussi prestigieux que ma personne.

Mla, comprenant que ses propres congénères l'avaient manipulée pour qu'elle croie que ce roi stupide était son promis, ressentit une douleur dans son cœur d'être magique.

- Aurais-je donc été abusée par mon propre peuple ?… Vous n'êtes donc point mon promis ! Vous n'êtes qu'un usurpateur. Vous ne m'aimez point !… Je devine les desseins qui vous ont amené à me courtiser.

- Je n'ai fait aucun dessin, je vous l'assure. Je ne sais même pas tenir un fusain.

- Ô ! Vous êtes un roi sans grande culture. Enfin, roi, si je puis m'exprimer ainsi. N'est-ce point des mamelles qui pendent à votre torse ?

Toumn démasqué tentât de cacher ses attributs féminins avec un air des plus colériques. Les gardes tendirent l'oreille de plus belle, fort amusés par tout ce qui se disait.

- Vous êtes indigne de moi. Adieu, reine Toumn !, ajouta-t-elle avant de faire volte-face.

Il la retint violemment par le bras.

- Croyez-vous que vous puissiez décider de l'instant de votre départ sans que j'en signe l'accord ? Votre âge ne vous donne point le loisir d'utiliser vos pouvoirs à votre guise. Vous êtes à ma merci... Vous m'épouserez dès demain, sorcière !

- Jamais !

- Alors, je vous ferai brûler vive. Les Elgéendsorde, je vous ferai tous brûler sur le bûcher !... Soyez mienne pour le salut de votre peuple.

Il fit un signe de ralliement aux gardes qui s'approchèrent en dansant sur une marche militaire avant de l'emmener de force.

On entendit Mla hurler son désespoir, de la plus haute tour au plus profond des donjons, sous l'œil satisfait du roi qui ne doutait pas un seul instant que la sorcière préférerait des épousailles au brasier d'un bûcher.

Jik n'avait rien raté de la scène qui venait de se dérouler, caché derrière la colonne haute qui servait de mur porteur à la salle du trône. Il jubilait de sentir son temps de gloire arriver à grand pas.

- Ce n'était pas vraiment ainsi qu'il me plaisait de voir l'avenir mais après tout, quelle merveilleuse fin pour un conte de fée. Maintenant vendons l'affaire à Malu. Sa bonne conscience lui fera prendre conscience qu'il a vilainement agi. Il ira sauver la sale petite sorcière et se mettra à dos le roi.

Il sourit pleinement en se sachant bientôt en contrat à durée indéterminée au royaume Toumn.

Chapitre huit
D'un songe à l'autre on rêvasse

Rônès marchait depuis des heures sur une magnifique plage de sable blanc.

Il n'avait pas pu revêtir ses vêtements militaires, car les tahitiennes les lui avaient mis en lambeaux pour qu'il ne puisse plus les remettre. En contrepartie, elles lui avaient confectionné un joli pagne, un collier de fleurs aux couleurs chatoyantes et une couronne sertie de ces mêmes fleurs.

Ce nouvel accoutrement seyait bien au beau Rônès, dont la peau dorée mettait en relief ses muscles saillants.

Rônès savait qu'il était beau pour avoir été maintes fois courtisé par de belles femmes et parfois même de beaux adonis. Autrefois cela le flattait avant qu'il ne comprenne qu'il n'y avait aucune valeur à être adulé pour ses attraits physiques. Nul combat, nulle victoire puisque la beauté lui avait été allouée sans qu'il n'ait bravé quiconque pour l'obtenir. Il était né ainsi. C'est pourquoi cela l'indifférait puisqu'il n'avait jamais peiné pour l'obtenir. En revanche, il convoitait les mérites dus à un acte héroïque. Le courage était sa devise ; la droiture, son adage ; la loyauté, son combat de chaque instant ; l'amour, son ressenti au doux nom de Mla.

Mla, son cœur et son âme à jamais.

Rônès avait été mis au service de son maître d'arme dès l'âge de huit ans.

Quand la guerre avait éclaté et terni la beauté de son pays, il avait à peine quatorze ans. Il avait appris les vices de la guerre, la haine de l'ennemi, la peur qui saisissait tout soldat à l'approche du combat, la torpeur quand le silence se faisait aux abords d'une plaine ensanglantée par des glaives et des sabres cisaillant les chairs. Puis les larmes qui coulaient quand la nuit silencieuse enveloppait l'âme de ses doutes et de ses peines.

Au cours de sa jeune vie, il avait appris que l'homme était inconstant, vil, cupide et puéril. Ce pourquoi, à l'aube de ses dix-sept printemps, il avait décidé d'en finir avec cette vie de labeur et de pénitence, et c'est à cet instant précis qu'il avait ressenti le cœur de Mla battre à l'unisson avec le sien. Les pensées de la petite sorcière lui dictaient sa conduite, lui montraient les beautés du monde, l'enjoignaient à croire à une paix planétaire.

La sorcière des âmes enfantine l'avait entendu, écouté et réconforté. Lui qui n'était plus un enfant avait été cajolé pour la première fois de sa vie. Mla ne savait pourtant rien de lui. Sa provenance lui était étrangère, son prénom n'avait nulle consonance avec ceux qu'elle connaissait. Et pourtant, dans tous les flots de peines des enfants qu'elle réconfortait, il était resté en elle, même après que le tourment de Rônès se soit effacé au profit d'une joie nouvelle.

Mla était en émoi face à un simple mortel.

Quand les combats s'étaient tus, il avait déserté pour la retrouver. Il avait traversé mille contrées, moult embûches s'étaient dressées devant lui, mais rien ne l'avait arrêté jusqu'à ce que cette confrérie d'êtres magiques le perde loin de celle qu'il aimait.

Il ne la ressentait plus en ce matin idyllique. Il avait gouté à la tentation de trois jeunes femmes à la douceur incommensurable. Il y avait une partie de lui qui s'en voulait et une autre qui le remerciait d'avoir permis qu'un tel abandon se fasse.

Il marcha durant tout le jour, fuyant ces femmes pour se retrouver seul avec lui-même. A la nuit tombée, il s'assit sur le sable au plus près de la mer pour en écouter sa douce mélodie. Il médita des heures durant avant de connaitre la joie de ressentir la seule personne qui le mettait en émoi. Cependant, lui qui était épanoui comprenait que la jeune Mla n'était pas des plus heureuses. Cela le surprit grandement, car avant ce jour, nul chagrin n'avait découlé du cœur de son aimée. Il comprit sa souffrance quand leurs pensées se rejoignirent. Il comprit qu'elle était dans le plus profond des désespoirs.

Alors il entreprit de faire ce qu'elle avait si longtemps fait pour lui. Il lui entonna un chant de sa voix pure :

« J'ai toujours rêvé de vous connaître
Les croisades m'ont enlisé dans les sables
Ma vie se fait d'un bout à l'autre du monde entier
Mla

Je vous aime sans vous connaître
Attendant de fouler votre terre
Sans comprendre que vous m'aimez à en être lasse
Mla

Je voudrais vous dire des mots tendres
Sans aucun chagrin
Je voudrais être votre amour
Vous étreindre sans fin
Je voudrais être
Tant de choses inavouables
Et je reste là pétrifié

Je n'ai cessé de vous imaginer
Enfin ce jour où vous m'apparaissez
Vous resplendissez, dans cette nuit sans étoiles
Mla

Je voudrais vous dire, je vous aime
Briser le silence
Faire fuir vos démons malins
Saigner toute entrave
Je voudrais être
Tant de choses inavouables
Et je reste là sans mot dire
Et je reste là hébété »

Rônès vit la sorcière enchaînée apparaitre sur le sable. Tristement, elle regardait la lune sans s'apercevoir que le lieu où elle gisait se fractionnait pour se recomposer sur la plage tahitienne du pacifique sud. Elle avait eu les larmes aux yeux en entendant les paroles ensorcelantes prônées par son amoureux. Elle lui répondit dans une mélodie similaire qui s'accouplait à la sienne.

> *« Dépourvue d'espoir*
> *J'attends mon sauveur*
> *Mon preux chevalier qui tarde*
> *Sa place est-elle ici ?*
> *Dans mon cœur flétri*
> *Ce roi me tourmente par son infamie*
> *Croire que je peux aimer ce roi »*

Rônès s'agenouilla et lui prit la main tendrement, ainsi il fit que leurs mondes se rejoignent autrement que par la pensée. Pour la première fois la magie avait dépassé toutes les espérances de Mla. Elle disposait d'un pouvoir qui lui était acquis sans en avoir eu conscience.

Elle avait rejoint celui qui avait pensé fortement à elle.

Puis il chantonna en plongeant son regard dans le sien :

> *« Sorcière mon désir est de vous aimer »*

Rônès la releva tendrement pour poursuivre la mélodie en chœur avec sa bien-aimée.

> *« Et j'en meurs*
> *Je chavire pour vous*
> *Vous m'ensorcelez*

Je ne puis vous résister
La passion m'enchante
Je voudrais croire !
Que vous m'aimez »

Ils s'enlacèrent un bref instant avant que la sorcière ne disparaisse dans un nuage blanc se dispersant dans ses bras virils.

Rônès ouvrit les yeux pour s'apercevoir qu'il était seul sur cette plage et enlaçait son propre corps.

A des milliers de lieues de là, Mla, dans la même position d'enlacement, se mit à pleurer de n'avoir su retenir son être auprès de son tendre amoureux.
Que ce cachot devenait bien lugubre après un tel chavirement dans les délices d'un songe enivrant.

C'était la première fois que la jeune sorcière eut un tel émoi. A bientôt quatorze printemps, elle n'avait jamais aimé. Elle se demandait si cela faisait d'elle une sorcière enfin femme.

Ronès ne resta pas longtemps en peine, car les belles Tahitiennes avaient retrouvé sa trace.

Malheureusement pour Mla, Rônès ne se priva pas de les aimer encore et encore.

Si Mla avait eu vent de cela, nul doute qu'elle aurait incriminé la condition humaine fort déplorable de son tendre amoureux.

Chapitre neuf
500 ans d'histoire maritale

Foitil n'était pas de ceux à s'émouvoir d'un rien. Encore moins de se laisser aller à une caresse réconfortante pour tarir les larmes d'un de ses clients en pleine crise métamagique.

Non, décidément le lutin Foitil, n'était pas de ces êtres magiques doté d'un cœur. Il ne s'en plaignait pas de n'en posséder un, car cela l'arrangeait bien pour être entièrement neutre dans son activité pécuniaire.

Et de neutralité, il en avait fort besoin au vu de ses patients, parfois simples, et parfois des plus étonnamment dingues.

Foitil en voyait de toutes les couleurs de l'arc en ciel. En plus de mille deux cent ans de pratique il lui arrivait encore d'être étonné par ses congénères. Cela lui permettait de se sentir bien dans ses sabots. Et si parfois il lui arrivait de se demander s'il était normal, un patient se chargeait de lui prouver qu'il était des plus proches dans la norme Elgéendsorde.

Et oui, sa vie avait la platitude d'une plaine désertique. Ce pourquoi il ne s'était jamais lassé de son travail. Cela lui permettait de nourrir son esprit d'histoires plus fantastiques les unes que les autres et d'être le seul à savoir ce qui se cachait au cœur des maisons Elgéendsorde. Car nul n'aurait pu imaginer les scénarios démentiels qui s'opéraient chaque jour dans cette bourgade, extérieurement des plus joyeuses et intérieurement des plus riches en histoires juteuses de tromperies. Ce métier était le meilleur du monde et le plus enrichissant, dans tous les sens du terme.

Sonder l'âme immortelle par un procédé discutable : la parole.

Oui, Foitil le lutin était un petit veinard. Il faisait ce qu'il aimait : être au courant des potins, des secrets les plus inavouables, des querelles ancestrales dont personne ne connaissait la fondation et dont seul Foitil avait souvenance, grâce aux parchemins qu'il avait rédigés durant les séances avec les ancêtres de ceux qu'il avait à son cabinet en ce douzième siècle des plus précaires.

Il se sentait divin puisqu'il connaissait tout des êtres de cette contrée. Nul ne pouvait se vanter d'en savoir sur son prochain autant que lui. Si d'autres auraient vendu certaines histoires aux bulletins du coin pour quelques deniers, lui se sentait riche de ce savoir, et n'aurait voulu le partager avec quiconque.

Le lutin Foitil pensait à tout cela tandis qu'il lorgnait la poitrine généreuse de la belle enchanteresse Katuo qui faisait les cent pas en regardant, par intermittence, la montre qu'elle avait soutirée au démon Karm en échange d'un baiser sur la joue.

Katuo semblait terriblement inquiète et surtout en colère. Cela amusait grandement le psychanalyste Foitil qui, secrètement, enviait le génie de posséder une femme aussi succulente. Car contrairement à ce qu'on pouvait penser des lutins, ils aimaient la chair fraiche des enchanteurs. Mais vu que Foitil avait fait vœu, pour son travail, de ne plus manger cette espèce d'être magique, il ravala sa langue au fond de son gosier et fit un sourire malicieux à l'objet de son désir « ventreux ».

- Pourquoi souriez-vous, dit-elle sur un ton autoritaire avant de poursuivre, alors que je vous dis que mon époux outrepasse ses droits ?... Je lui jette un enchantement maléfique s'il ose franchir cette porte !

- Je vous souris puisque je vous sens anxieuse.

- Ne le seriez-vous point si votre sot d'époux avait un retard considérable ?

- Est-ce bien grave ?

Elle eut subitement un regard malicieux envers lui, ce qui lui fit perdre sa belle assurance.

- Si vous nous accordiez une ristourne pour ce retard, j'admets que cela me rendrait moins chèvre.

Foitil rangea son sourire en se redressant sur son fauteuil, fort gêné.

- Il est nécessaire que vous vous sentiez redevable d'un sac de pièces d'or pour que vous sentiez l'importance de notre travail en ce lieu.

- Ben voyons ! dit-elle ironiquement avant de reprendre avec un sourire narquois. Il est clair que si nous ne vous payons pas, notre couple s'en trouverait délesté de son amour.

Foitil sauta gaiement de son fauteuil.

- Oui ! C'est exact ! Grace à votre contribution à mon travail, vous lui accordez de la valeur. Vous revenez chaque semaine avec la ferme intention d'avancer !

- Avancer vers quoi ?

- Mais vers la guérison de votre couple. Ici vous vous délestez de votre mal !

- Ah oui ? Je croyais que c'était plutôt de ma besace que vous me délestiez ! J'ai du mal comprendre.

- Dans quelques décennies vous me direz merci de vous avoir aidé à retrouver une harmonie dans votre vie de couple.

- J'aurais préféré vous dire merci dès aujourd'hui. Vous croyez vraiment que je vais tenir des décennies encore !? Pendant que vous y êtes, dites des siècles ! Je veux que tout redevienne comme il y a cent cinquante ans ! Je veux des nuits folles avec mon génie et non des nuits à larmoyer aux côtés d'un ivrogne plus attaché à son tonneau qu'à son épouse ! Cela fait cinq cents ans que je l'ai épousé, sur un coup de tête. Les jours sentaient le bonheur pour la vie, sans l'ombre d'un doute. Pourquoi l'amour s'efface, nous éloignant de l'être aimé ? Mon cœur ne vibre…

Malu entra avec un petit tonneau de bière sans même prendre la peine de se faire annoncer. Katuo et le psychanalyste restèrent bouche bée face à tant d'insolence dû au taux fort élevé d'alcoolémie présent dans le sang bleuâtre du génie.

Malu rota grossièrement à leurs faces déconfites.

- Vraiment plus, poursuivit Katuo l'air dépité avant de reprendre sur un ton de désespoir : il me faisait rire, docteur. Vous y croyez en voyant cette chose immonde, qu'il fut un temps où il pouvait me faire mourir de rire ?

- Ne parlez point au passé, ma chère. C'est pour cela qu'on s'enlise dans une situation pareille, à force de la souhaiter de ses vœux.

- Comment ? Maintenant ça va être de ma faute si sa bouche a fusionné avec le goulot d'une bouteille !?

Malu, tant bien que mal, réussit à s'assoir sur le canapé. Benoitement, il regarda son épouse, lui prit la main et l'attira sur ses genoux.

- Bonjour ma petite enchanteresse d'amour… Voulez-vous bien me retirer mes babouches ?

Katuo se releva rageusement et alla bouder à l'autre bout de la pièce, sous l'œil satisfait du génie aux prises avec l'alcool qu'il avait ingurgité. C'était ainsi qu'il se permettait de se laisser aller à la regarder avec tendresse. Il fit un clin d'œil à Foitil, cherchant la connivence.

- Elle est si belle et je la regarde bien des fois pour son beau minois. Son caractère est si dur, j'en ai des frissons tous les jours. L'amour s'est envolé. L'amour s'en va sans préavis. C'est bien triste cette vie. Elle me faisait rire, docteur.

Katuo et Malu eurent la même pensée nostalgique :
- Cette vie nous manque tant.

Une constatation qui les rendait bien plus tristes au grand bonheur du psychanalyste qui voyait en cela des centaines d'heures de consultations nécessaires à la construction de sa nouvelle chaumière.

Foitil rangea son sourire de satisfaction et se leva pour rejoindre la belle Katuo qui s'était détournée de son époux pour pester à la fenêtre.

Il lui tapota la main avec une compassion conventionnelle et un regard d'apitoiement nécessaire pour lui faire croire qu'il était touché par tant de souffrance. Cela marchait toujours. Il voyait dans le regard de l'enchanteresse qu'elle se sentait comprise et pleinement rassurée d'avoir une oreille complaisante. Puis il l'enjoignit à s'assoir sur le divan, au plus près de son génie d'époux.

Toucher la main de l'enchanteresse avait attisé son appétit. Son ventre gargouillait à la vue de ce mets juteux qui affichait ses formes appétissantes.

Katuo avait vu le regard de désir de Foitil sans en mesurer la réelle consistance. Elle était heureuse de se sentir désirée. Qu'importait de quelle manière elle l'était.

Foitil se rassit et se parât de son plus beau sourire pour donner le change.

- Chère Katuo, dites-moi ce que vous lui reprochez ?

- Il boit ! dit-elle tout en toisant Malu.

- On est deux ! répondit Malu avec le sourire d'un être sortant de sa léthargie.

- Les fleurs qu'il m'offre sont horribles ! reprit-elle de plus en plus excédée.

- Par l'ombre d'un sourire quand je m'approche le soir, répliqua-t-il en rangeant son rictus.

- Il ne sait plus…

- Me regarder tendrement, dit Malu en lui coupant la parole irrévérencieusement.

- La routine s'est installée malheureusement, docteur.

- C'est toujours moi qui propose…

- Il est toujours sur les routes !

- Quand je suis là pas un mot…

- Que des regards sournois, dirent Katuo et Malu en chœur avant de rajouter en suppliant Fortil d'un regard de leur trouver une solution : Le cœur ne sait plus parler.

Katuo se leva avec rage en pointant du doigt son époux.

- Il traîne, il m'ignore, la taverne compte plus pour lui. Il cuve son vin avec ses foules d'amis sans attache.

Malu, plus qu'indigné qu'elle puisse lui reprocher de s'adonner à la seule activité plaisante de sa vie, rétorqua avec colère.

- Ses seuls soucis sont ses cheveux mille fois teints, Elle n'a…
- Tu ne les aimes pas ?
- Elle adore couper la parole. Elle…
- Pas tant que vous !

Elle regarda Foitil avec arrogance avant d'ajouter.

- Lui, il adore finir vite et me coupe dans mon élan jouissif.

Foitil se leva et monta sur son fauteuil pour acquérir de la grandeur. Ainsi il se sentait plus vindicatif.

- Cessez vos simagrées ! Et moi, avec mes quatre-vingt-dix centimètres de hauteur et mon zizi ayant la taille d'un asticot pré-pubère, vous croyez que je la satisfais, ma Troll d'épouse au calice plus large qu'un chaudron d'ogresse !?

Katuo et Malu restèrent un instant pétrifiés de stupéfaction devant une telle liberté d'expression. Puis ils se regardèrent et un sourire de connivence s'afficha, leur rappelant combien ils aimaient s'amuser d'un rien à l'unisson. Ils se mirent à rire aux éclats.

Katuo prononça un enchantement et une musique entraînante se fit sous le regard déconcerté de Foitil.

- Regardez ! dit-elle en se mettant à danser de manière très aguichante, espérant ainsi faire naitre un sentiment de jalousie si jamais le psychanalyste était charmé.

Effectivement, Foitil était charmé, mais point de la manière dont Katuo l'entendait. Un succulent rôti, voilà ce qu'il voyait se dandiner devant lui. Il ne put s'empêcher de saliver devant eux.

Persuadé que ce dernier avait une pulsion amoureuse envers sa femme, Malu réprimanda d'un regard Foitil, sous l'œil satisfait de la belle enchanteresse. Puis le génie se leva pour entrainer son épouse dans une danse conventionnelle dans un premier temps, puis de plus en plus sensuelle et fervente. Peu à peu leurs regards devinrent doux et passionnés.

Foitil pensa immédiatement que cela n'était pas bon pour son commerce. Il voyait sous ses yeux l'amour renaître. Les yeux de l'enchanteresse s'était illuminés tandis que le génie l'enlaçait passionnément dans ses bras maigrichons. Ils s'éprenaient de nouveau en ce lieu de parole.

- Un simple regard nous suffit, prononça Malu dans un soupir soulagé.

- L'amour renaîtra de nos efforts et de nos croyances.

- Il m'est difficile de la voir sans toute de suite éprouver un reste d'amour, dit Malu en jetant un regard coquin à Foitil.

- Enfin, soupira Katuo

- Un dialogue, renchérit immédiatement Malu.

- Le temps des résolutions…

- Pour préserver l'amour qui est toujours en nous.

- Il m'aime ! s'exclama Katuo en levant une main qui vint s'abattre sur le nez de Malu par inadvertance.

- J'en atteste, rétorqua le génie après avoir reçu la claque de plein fouet.

Katuo, bien trop prise par sa joie nouvelle, répondit sans s'apercevoir que Malu était quelque peu sonné.

- Ma vie d'immortelle t'est chère. Je suis sûre qu'elle t'appartiendra à tout jamais

- Le temps nous a séparés. Je voudrais pourtant encore m'emballer. Reprirent-ils en chœur tout en s'enlaçant tendrement en continuant leur chant.

Malu comblé de joie se risqua à proposer une solution pour l'avenir.

- Alors faisons des concessions.

Katuo, dans l'excitation d'un tel retournement de situation renchérit de plus belle.

- Tendons vers cet amour infini.

- Le temps n'est révolu que si l'on capitule sans combattre.

- Le pouvoir de notre passion renaît dans nos cœurs mille fois flétris.

- Il faut y croire…

- Ne jamais pâlir…

- L'enchantement de reprendre une vie…

- Saine et passionnée qui nous évade de ce monde !

- Mon cœur voudrait s'emballer, reprirent Malu et Katuo dans un chœur passionné avant de rajouter : Pas de routine dans nos vies. L'amour renaît pour nous permettre de vivre sans faille.

Malu se mit à genoux et fit apparaitre une bague en saphir qui seyait à merveille à Katuo vêtue d'une robe rouge et noir.

Foitil s'était pris la tête dans ses mains pour ne pas voir ce spectacle d'amour affligeant. Oui, Foitil était meurtri en comprenant qu'il perdait un des atouts majeurs de son cabinet de psychanalyse dédié aux êtres surnaturels.

Trois séances par semaine depuis plus de soixante-dix ans, et en un regard amoureux Malu et Katuo avaient réussi à communiquer. Foitil avait pourtant tout fait pour que ces deux-là ne puissent jamais sortir du cercle infernal des disputes conjugales. Il avait même conduit à faire croire à Katuo qu'une amourette avec le démon du mal-bien était la solution à un retour au calme avec son époux.

Oui, Foitil se sentait malheureux d'un échec aussi magistral. Il se sentait honteux d'avoir échoué, car sa vocation était bien de salir d'honnêtes gens, de maintenir ses patients dans un état de déprime, de les enjoindre à croire qu'ils ne sont rien, de les pousser à tromper leur monde dans tous les sens du terme. Et cela, en leur faisant croire qu'il était là pour les aider à affronter leurs peines les plus inavouables.

Foitil était le plus machiavélique des Elgéendsorde, car nul ne pensait du mal de lui et n'aurait cru possible qu'il soit aussi vil et sournois.

Tous l'aimaient. Il s'en flattait.

Cela le répugnait au plus haut point de voir Katuo couvrir le génie de baisers. Foitil sentait sa colère monter. Son visage se déformait et de la fumée sortait par ses quinze orifices. Sa colère ne pouvait plus se contenir.

Katuo sentit une odeur nauséabonde. Elle renifla l'air la mine déconfite et vit le lutin s'enfumer.

- Quelle odeur exécrable, dit le génie en faisant une grimace de dégoût qui en disait long sur la mauvaise qualité de l'air.

- Malu, il fume de ses trois oreilles, six narines et six yeux, s'exclama-t-elle en se bouchant son seul nez d'enchanteresse. Que vous arrive-t-il, mon cher docteur ?

- Virez-moi de là avec vos mini-problèmes d'êtres surnaturels « désurnaturallisés » !

Katuo et Malu restèrent dubitatifs face à la violence inattendue de Foitil qui renchérit de plus belle :

- Virez de là avant que je vous dévore de mes soixante-deux dents affutées !

Katuo et Malu prirent peur et se téléportèrent hors du cabinet, laissant Foitil décontenancé d'avoir ainsi perdu le contrôle de lui-même.

Par mes quinze orifices, ils n'ont pas réglé la séance, maugréa-t'il tristement.

Katuo et Malu apparurent dans leur logis. Ils se regardèrent, très surpris d'avoir dû fuir de la sorte. Katuo pensa immédiatement qu'ils n'avaient pas rémunéré le lutin. Elle en fut fort soulagée.

Elle rit aux éclats entrainant Malu dans son hilarité. Puis, ils finirent pas se taire. Ils se regardèrent avec amour avant de s'embrasser avec plus de passion qu'autrefois.

Karm entra en courant et les vit enlacés. Il tressaillit, puis il hurla :

- Nom d'un petit démon ! Voilà qu'ils roucoulent comme des petits oiseaux maintenant ! C'est bien ma veine. Tout ce temps perdu à la séduire ! Tout était vain.

Malu regarda avec une profonde méfiance le démon avant de renchérir.

- Séduire qui ?

Katuo serra de plus belle Malu dans ses bras.

- Sûrement pas moi, Malu. Il doit parler d'une de ses créatures ténébreuses.

L'elfe, arrivant des cieux, atterrit en dérapant. Il se releva immédiatement et entra à son tour dans la demeure du génie et de son enchanteresse d'épouse en mimant un air affolé.

- Mes amis, l'horreur est parmi nous !

Katuo se défit des bras squelettiques de son époux, l'air fort insatisfait.

- Mais, dites-moi, démon et elfe, pourquoi entrez-vous sans vous annoncer ?

Karm se souvint soudain de ce pourquoi il s'était précipité chez Katuo. Il se remit à paniquer, peu fier des événements qu'il s'apprêtait à formuler.

- Oh, oui ! Un grand malheur est arrivé cette nuit ! Le roi est devenu fou ! Il a enchaîné la sorcière Mla dans un donjon.

- Ça, c'était moi qui devais le dire, dit Jik en administrant une petite claque sur les beaux cheveux soyeux du démon.

Malu n'y prêta aucunement attention, bien trop pris par sa réflexion.

- Dans un donjon ? Quel drôle d'idée. Ces jeux sont d'une bizarrerie ! Mais, dites-moi, dans quel but ?

- Comment ça, dans quel but !? rétorqua Karm décontenancé par tant de stupidité. Elle sait qu'il n'est pas son futur époux. La sorcière a donc refusé l'amour que le roi lui offrait !

- Vous appelez ça de l'amour, vous !? répliqua dédaigneusement Katuo. Vous êtes bien un homme !

- Quel affront ! Me traiter d'homme, moi, Karm, le démon du mal-bien !

Malu s'interposa fort intrigué :

- Laissez donc ! Parlez-nous de Mla.

- Il va la brûler vive !

- Vous aviez raison, le roi est fou, renchérit Katuo apeurée.

Jik afficha son plus coquin sourire avant de poursuivre :

- Je suis venu pour en attester. Je suis des vôtres. Hâtez-vous pour lui ravir la petite et merveilleuse sorcière.

Malu claqua des doigts.

- Rônès, vacances terminées !

Rônès commençait à apparaitre en pagne, allongé sur le ventre en faisant des mouvements de va et vient avec son bassin.

Les Elgéendsorde observèrent dubitativement le jeune mortel.

- Au moins, il y en a un qui se paye du bon temps ! intervint Katuo le sourire aux lèvres.

Jik éclata de rire avant de renchérir.

- Il ne fallait pas l'envoyer à Tahiti si son amusement ne vous sied guère. Si vous vouliez le torturer, il fallait l'envoyer dans une contrée glacée et inhospitalière.

- Que fait-il ? s'interrogea Malu.

- A mon avis, quelque chose de fort intéressant, le petit veinard, dit Karm en adressant une œillade malicieuse au génie.

- Ah oui ! Quoi ?

Karm s'approcha discrètement de Katuo pour lui susurrer à l'oreille.

- Vous êtes sûrs de copuler tous les deux ? Je comprends maintenant pourquoi il n'y a jamais eu de petit Malu. Grâce au ciel.

Rônès, s'apercevant de leur présence, fit immédiatement semblant de faire des pompes. Puis voyant que les êtres magiques lui lançaient un regard moqueur il se releva en prenant soin de masquer son bas ventre avec ses mains, car le pagne n'était pas une armure opaque.

- Génie !? Mon bonus est fini ? dit Rônès tout confus.

Malu le regarda embêté.

- Nous vous avons menti.

- Nous allons vous raconter toute l'histoire, reprit Karm penaud. Après ça, vous pourrez nous juger. Nul doute que nous mériterons votre courroux.

- Là, vous en faites un peu trop, mon cher démon Karm ! reprit Malu ironiquement.

- Surtout vu le bon temps qu'il s'est octroyé, répliqua le démon tout sourire ! Nous ne pouvons pas en dire autant.

Katuo ne cacha pas son mécontentement en voyant que le soldat n'avait pas chômé de la pire des façons à Tahiti, puisqu'il s'était, visiblement, adonné à ses plus bas instincts mortels.

- Vos mines graves me confirment qu'aucune bonne nouvelle ne va m'être annoncée.

Katuo pouffa de rire avant de rétorquer à Rônès.

- Il est perspicace le petit !

Jik s'interposa entre l'enchanteresse et le soldat.

- Rônès, mon sympathique mortel. Puis-je vous instruire ?

- Faites, faites.

- Ces trois individus peu recommandables vous ont délesté de votre destin en vous substituant à ce pays au moment même où vous alliez croiser la route de votre affreuse dulcinée.

Karm sifflota pour que toute l'attention se porte sur lui.

- Ce n'est pas tout à fait comme cela que l'histoire s'est passée !

- Pas tout à fait ? reprit Jik faussement consterné. Rônès, mon ami. Ceci est un démon démoniaque et tout homme sensé sait qu'il appartient à la race des méchants individus. Tandis que l'autre, là-bas, est une immonde vermine qui jette des enchantements pour détourner les hommes de leurs honnêtes tâches.

Katuo releva ses manches et serra les points en fusillant Jik du regard avant de répliquer.

- D'ailleurs, j'en connais un qui va en tâter !

- Et lui ? reprit Ronès nullement intimidé par la jeune enchanteresse.

- Le génie ; soudoyé par le côté obscur de ses fréquentations.

- Taisez-vous elfe maléfique ! reprit Katuo furibonde.

Rônès comprit à cet instant combien il avait été floué par ces êtres surnaturels.

- Elfe maléfique !? reprit Rônès désabusé. En somme vous êtes tous de mauvaises fréquentations.

Malu lui adressa un regard compatissant et en même temps honteux.

- Pardonnez-moi, Rônès. Mais nous ne sommes en rien des êtres maléfiques. Enfin, si nous ne comptons pas le Démon une fois sur deux car il fait la moitié de son temps du bien.

- Et l'autre, il enlise les mortels dans leurs plus vils défauts, reprit Jik l'air désinvolte.

- Taisez-vous, renchérit furieusement Katuo ! Je vous le dis une dernière fois car après je vous enchante.

- Chiche !

Rônès hurla avant de renchérir :

- Je vous ai assez écoutés. Je vous laisse à vos sournoiseries, je vais tenter de retrouver mon aimée.

Il s'apprêta à sortir, mais Malu s'interposa en se matérialisant entre lui et la porte.

- C'est trop tard, vous ne pourrez la récupérer sans notre aide.

- Vos paroles sont emplies de faussetés. Adieu la confrérie des « Elgéen-chnoque » !

- Pitié, mon bon gentilhomme ! Malu s'agenouilla devant lui avant de reprendre : Il est vrai que nous vous avons fait grand tort. Pour effacer cette offense, je vous accorderai sans délai vos trois souhaits si vous voulez bien croire en notre bonne foi.

Rônès le regarde un instant, tristement.

- Je souhaite que vous me rameniez mon aimée.
- Hélas, cela est impossible par les voies magiques.
- Alors je n'ai que faire de vos souhaits.

Rônès contourna Malu et sortit. Ce dernier jeta un regard triste à son épouse qui lui renvoya un sourire contrit. Mais Malu, pour la première fois de sa vie se trouva une force inépuisable. En un instant il prit une décision surprenante. Il disparut pour réapparaître aussitôt devant Rônès, le stoppant net dans sa marche décidée.

- Nous allons défier le roi ; nous libérerons Mla ; et vous ferez ce que bon vous semble de votre vie. Mais par ma foi, ce ne sera pas moi qui vous délesterai de votre destinée. Encore moins pour un roi cupide et vil.

Tous les Elgéendsorde s'étaient précipités dans la cour de la demeure en voyant le génie disparaître. Jik prôna un air satisfait en entendant les paroles du génie. Il savait son affectation au poste de Malu, assurée.

- Bien, je vous laisse donc. Je n'aime point éveiller les plus vils ressentis d'un roi envers ma personne. Ravi d'avoir pu vous rendre service, Rônès.

Il lui sera la main satisfaite avant de s'envoler. Rônès fut fort intrigué de voir cet être s'envoler et disparaître au faîte des arbres

- Est-ce vraiment un elfe ?
- Oui, pourquoi ? rétorqua Karm surpris d'une telle question.
- Dans les contes ce sont toujours des êtres admirables.
- Voici une preuve de l'absurdité des mortels, reprit Karm très irrité. On fait croire aux enfants n'importe

quoi. Ils croisent un elfe. Ils ne se méfient point ; mort assurée. Et paf, j'apparais et ça hurle dans tous les sens. Moi, qui suis tellement beau et vertueux. Je vous le dis, cela est bien de l'injustice ! J'ai la rage ! Téléportons-nous de ce pas pour que je défigure ce roi ; qu'il fasse les frais de mon extrême colère.

- Vous êtes d'une telle éloquence ! Ainsi je me sens séduite.

Malu s'interposa entre Karm et Katuo.

- Séduite, séduite !

Malu défia le démon du regard avant de reprendre :

- Hum, c'est facile de dire de telles fadaises. Car il est clair que toute réputation a un fondement. On ne qualifiera jamais un génie de démoniaque. Rônès prenez ma main, nous allons de ce pas pactiser avec le roi, mais avant il nous faut un plan. Rentrons chez moi.

- Je préfère rester seul un moment.

Les trois Elgéendsorde se regardèrent confusément. Malu lui administra une tape amicale.

- Bien, nous comprenons. Nous vous attendrons dans ma demeure.

- Notre demeure ! reprit Katuo.

- Oui, notre demeure, renchérit Malu faussement. Jeune mortel, si vous comptez arpenter les rues du village, faites grand cas de certaines règles nécessaires à votre survie. Evitez les demeures des trolls, ogres et autres démons. A part Karm, il est rare d'en voir un aussi sympathique. Et je pèse mes mots quand je parle de lui. Et surtout, mon ami, si vous voyez une porte avec une inscription en lettre de feu « Foitil, psychanalyste des âmes surnaturelles », fuyez au plus vite de peur qu'il ne vous soutire votre pagne à défaut de vos attributs humains qu'il aime à rôtir à la broche. Sur ce, je vous laisse vous extraire de vos lugubres pensées.

Les Elgéendsorde disparurent, laissant Rônès seul avec son amertume.

Chapitre dix
Pensées croisées

Mla était toujours enchaînée, à même le sol de pierre, dans une sombre cellule.

Les larmes aux yeux elle avait rejoint la minuscule fenêtre, car les entraves lui permettaient d'aller jusque-là. De là elle pouvait voir le ciel sombre, dépourvu d'étoiles. Même la Lune avait pris ombrage, ne voulant éclairer le tout petit cachot pour donner de l'espoir à la petite fille en proie à mille et un doutes sur ses frères de magie qui l'avaient enjointe à croire que le roi Toumn était son promis. Dans ce royaume l'amour semblait volage et empli de mesquinerie.

- Non, pensa Mla, rien ne me fera aimer ce roi. Dussé-je rester son hôte sans espoir, dédouané de sa propre vie ; dussé-je rester sa proie dans son espoir d'être sauf, jamais je ne plierai ! Jamais je n'aimerai cet être vil ! Je suis triste en me sachant abandonnée par les miens. N'ont-ils point honte de leurs actions ? Le pacte d'alliance des Elgéendsorde n'a plus lieu d'être puisque l'amitié a faibli en empruntant les sentiers de la facétie. De grâce, ôtez-moi ces chaînes !

Si Mla avait le cœur empli de doute et de larmes, il n'en était rien du roi Toumn qui avait élu domicile sur son trône depuis plusieurs heures. Hargneux, il ruminait sa colère, transforma sa peur d'être dans le futur vilipendé, en haine outrancière. Oui, Toumn avait la peur au ventre, car toute sa vie il avait fait semblant d'être un homme alors qu'il aurait voulu que la femme qui était en lui s'émancipe du carcan de l'oppression des dames de son monde.

Cependant, il n'était pas prêt à se battre, à faire valoir ses droits de monarque au féminin. Son père lui avait appris à cacher sa différence en lui faisant comprendre qu'il serait amené au pilori si quelqu'un découvrait la supercherie.

Feu le roi, son père, était mort l'hiver dernier, le laissant seul avec ce lourd secret. La peur le gouvernait depuis ce jour noir où le dernier de ses parents avait quitté cette terre. Il avait pris ses fonctions de monarque et avait pris en main son pays. Il estimait avoir fait cela avec diligence, se croyant aimé de son peuple.

En réalité, il était haï de tous, car ce roi n'en avait pas l'envergure.

Le roi Moulta ne l'avait pas assez préparé et ne lui avait nullement prodigué l'enseignement nécessaire pour être un grand monarque. Sans doute parce que Moulta se croyait assez fort pour régner jusqu'à ce que Toumn soit adulte et en pleine possession des connaissances royales.

Toumn s'amusait bien dans ses fonctions de monarque. Durant son si petit règne, il avait expédié la justice et envoyé à la potence des centaines de brigands qui traînaient dans les geôles du château fort. Il en était fort satisfait pour ses finances. Garder autant de prisonniers coûtait très cher au royaume. Seul ceux qui étaient vigoureux avaient été sauvés et conduits chaque jour dans des carrières pour travailler jour et nuit au service du royaume. Ainsi Toumn avait économisé de la main d'œuvre payante. Ce qui n'était pas du goût de ses sujets qui se retrouvaient sans travail. De plus, il avait fait remonter les impôts pour se parer de plus beaux habits et d'or lumineux. En bref, nul n'aimait Toumn et nul ne se serait hasardé à lui dire son ressenti de peur de perdre la tête dans l'heure qui suivait.

Toumn se croyait vénéré puisqu'il piquait des colères noires si on avait le malheur de dire quelque chose qui ne lui plaisait pas. L'amour était autour de lui. Il s'enorgueillissait d'être tant aimé, et voilà qu'on lui annonçait que son règne ne durerait pas.

Ce pourquoi il ne pouvait accepter que la sorcière se refuse à lui. Elle était son espoir pour l'avenir. Il devait régner jusqu'à un âge avancé.

- Elle me résiste, l'affreuse petite sorcière, pensa-t-il. Je la tuerai de mes mains si elle se refuse à moi. J'allumerai moi-même la flamme qui la consumera. Mla me rend à moitié fou à s'obstiner à rester dans sa vie errante. Je suis monarque du royaume Toumn, jamais je ne céderai.

A moins d'une lieue du royaume, Rônès marchait dans la forêt, l'âme en peine, se gardant à une bonne distance des Elgéendsorde qui le précédaient. Il craignait d'arriver trop tard. Il ne connaissait Toumn que par les dires de ses compagnons d'infortune, mais il savait ce qu'étaient les hommes de son rang. Ils se ressemblaient tous dans leur ambition de régner sans partage, sans concession et sans égard pour les désirs d'autrui.

- Il la brûlera sans attendre pour que son nom survive, hurla Rônès très affligé avant de renchérir : Il préférera la brûler vive pour sauver la face. Nul remords ne l'habite, nulle compassion. Seul le désir de gagner la partie l'anime. Et s'il se sait vaincu, il la fera disparaître dans un brasier visible à mille lieues à la ronde pour que son peuple puisse voir sa suprématie.

Malu, Katuo et Karm marchaient d'un pas ferme et décidés d'en découdre. Au fond d'eux, ils étaient abattus de ne pas avoir réagi plus tôt en refusant de faire ce que le roi voulait. Maintenant ils se devaient de réparer leurs erreurs.

- Je ressens tant de peine pour elle, pensait Karm en joignant ses pensées à celles de Katuo et Malu.

Nul besoin de parole pour communiquer entre Elgéendsorde.

- La détresse de Mla m'étreint dans mon être, pensa Katuo en proie à des remords lancinants.

- Les Elgéendsorde sont tombés bas, renchérit Malu encore plus accablé.

- Le peu d'honneur qu'il nous restait vient d'être bafoué pour une place dans un royaume qui nous rejette, dit Katuo en jetant un regard bienveillant à son époux.

Les trois Elgéendsorde se firent face et pensèrent en cœur :

- Au diable la royauté, il nous faut la sauver. Nous préférons être chassés de cette contrée à tout jamais que de persister dans nos méfaits.

Rônès marcha vers eux en entendant les pensées pleines de remords des êtres magiques. Ils lui permettaient de partager leurs pensées. Rônès leur adressa un demi-sourire, leur rendant un émoi. Les Elgéendsorde se sentaient compris et pardonnés par le mortel.

- Plutôt que de vivre comme des coupables, brandissons à la face de ce roi mon glaive, vos pouvoirs magiques et notre hargne, reprit Rônès grandiloquent.

- Oui, reprit Karm tout excité, les Elgéendsorde sont solidaires et s'unissent à vous.

- Même si la terreur nous submerge, reprit Malu apeuré mais néanmoins décidé à rosser le roi, le combat sans faille de Rônès nous est cher. Il faut en faire le nôtre. Il y va de notre honneur.

Les Elgéendsorde et Rônès se regardèrent confiants avant de marcher d'un pas décidé et vindicatif vers le château en clamant à l'unisson et d'un pas cadencé des paroles réconfortantes :

« D'avoir choisi sa vie, Mla ne puit en pâtir. L'adversité unit les immortels et les mortels dans un même combat. En tant que tels, nous ferons plier le roi pour le salut et le bien-être du royaume qui subit l'outrage d'un mauvais monarque. »

Chapitre onze
Le brasier s'allumera-t-il ?

Une foule en fureur était rassemblée sur la place du château fort autour d'un bûcher où fut amenée, la jeune sorcière.

Les hurlements de la populace consternaient Mla, qui réalisa qu'elle était l'attraction de la soirée.

Tandis qu'on la traînait par un cordage noué autour de ses poignets, elle comprit que sa fin était toute proche. Mla essayait de penser à une formule magique qui aurait pu la matérialiser en d'autres lieux moins hostiles, mais la terreur la submergeait. Ses pouvoirs magiques n'étaient pas encore assez développés à son âge ; la laissant à la merci du bon vouloir des hommes. Elle se savait perdue car la mansuétude des êtres mortels était bien faible. Elle voyait les enfants rire et lui lancer des pierres sans en ressentir de compassion, car on leur apprenait très tôt que la miséricorde n'était que lâcheté. La dureté de l'existence de ce peuple était telle qu'ils se vengeaient sur le premier supplicié venu.

Mla vit le bûcher hautement juché sur un socle de plus de deux mètres de hauteur. De là nul n'échapperait au spectacle horrible d'un corps se consumant.

En un instant elle fut montée sur le bûcher et attachée solidement au pilori. De sa hauteur, Mla pu apercevoir Toumn assis sur son trône qu'on avait amené sur le balcon royal. A quelques mètres au-dessus d'elle, il pouvait jouir du spectacle en beauté.

Le mépris et le dégoût se lisaient sur son visage monarchique. Il lui adressa un geste qui attendait une réponse.

La foule se tut et se figea en attente de la réponse de la sorcière. Secrètement, ils espéraient qu'elle refuse le mariage, car ils n'avaient nullement envie qu'on les déleste du spectacle grandiose d'une sorcière partant en fumée et du festin qui s'ensuivrait.

- Non ! hurla la petite fille. Je vous hais, roi cupide, sournois, et bouffon de surcroît !

La foule resta un instant médusée, d'une telle insulte, mais néanmoins fut fort satisfaite de voir le visage du roi afficher la haine la plus destructrice s'abattant sur le monde.

Une haine si grande qu'il n'arrivait plus à parler tant sa gorge était nouée. Le peuple allait être comblé de ses vœux morbides.

Toumn se leva et fit un geste aux bourreaux pour qu'ils allument le brasier.

Immédiatement des torches enflammées furent brandies devant l'amas de bois enchevêtré au pied du bûcher. En quelques secondes il prit feu sous les pieds de la petite sorcière, terrorisée autant par les flammes lorgnant ses petits pieds que par les cris hystériques de la foule en délire.

Mla avait perdu tout espoir quand la herse explosa en propulsant dans les airs des centaines de débris enflammés.

Après la surprise d'une telle attaque, il y eut un mouvement de panique de la foule. Les gens du royaume essayaient de s'enfuir dans tous les sens. La garde du roi se rallia à ses côtés pour le protéger d'un ennemi qu'ils ne distinguaient pas encore.

Les Elgéendsorde et Rônès apparurent dans les flammes provoquées par l'explosion.

D'un geste Katuo éteignit les flammes du bûcher. Karm se matérialisa aux côtés des gardes et les fit disparaître en d'autres temps et en d'autres lieux. Malu, juché sur son tapis volant, attrapa le roi sur son balcon et l'amena à terre, tandis que Katuo enchanta Mla pour la ramener à ses côtés.

Toumn et ses ennemis étaient maintenant face à face dans la cour désertée de ses sujets.

- Que me vaut votre intrusion soudaine ? dit Toumn essayant de garder la face.

- Nous sommes venus vous proposer un pacte d'alliance en échange de la petite sorcière, répondit Karm avec assurance.

- Je n'échangerai rien contre la sorcière. Ni pacte, ni caisse d'or !

- Vous échangerez votre vie contre la sorcière. Bien que Mla vaille bien plus que votre misérable vie.

- Génie, comment osez-vous !? Je suis le roi !

- Un roi avec si peu d'honneur, rétorqua Mla avec force. Vous menaciez de me brûler si je ne vous voulais pas. Il est des hommes pour qui il est facile de faire jaillir un brasier qui consume la chair de femmes. De tout temps on a brûlé des filles, sur des bûchers d'abord, puis viendra le temps des cités de béton. Vous avez tous une bonne raison d'être inquisitoires. Ne sous-estimez pas le pouvoir des êtres de magie.

Karm se racla la gorge pour bien signifier sa présence avant de renchérir le sourire en coin.

- Je ne veux pas être le rabat-joie de vos peines, mais là, ça devient un peu trop tragique pour moi. De l'humour nom d'un petit démon !

Rônès, tendrement, prit la main de la petite sorcière pour la contempler réellement pour la première fois. Mla reconnut sa douceur.

- Mla, murmura Rônès.

Karm pouffa de rire, nullement attendri par tant de niaiserie.

- Rônès ? Est-ce vous ?

- Oui, répondit-il tout en défaisant ses entraves. Il me semble vous connaître depuis des millénaires. Bien que vous soyez bien plus petite que je ne l'imaginais… Est-ce des ailes que vous avez là ?

- Elles sont en option chez les sorciers… Rétractables en plus… Vous plaisent-elles ?

- Oui ! Comment pourrait-il en être autrement ? Je souhaiterais avoir les mêmes, car il me reste encore trois souhaits.

Malu fit une grimace. Karm s'approcha du roi pour lui signifier les bases du contrat.

- Ecoutez bien le pacte que nous vous proposons. Laissez la sorcière et Rônès aller en paix. Et dans treize ans, les Elgéendsorde seront là pour repousser l'envahisseur. Nous ne vous laisserons point mourir. Nous allons changer le cours de l'avenir.

- Pouvons-nous faire cela ? dit Malu fort intrigué.

- Bien entendu qu'on le peut !

- Pourquoi ai-je donc toujours suivi les prophéties de la sphère des Sages alors qu'en vérité, nous étions libres. Sans appartenance à des écrits ou à quelque roi ingrat ?

- Tendre amour retrouvé, ne sois pas excessivement prompt à injurier le roi en sa présence. Il pourrait nous chasser de ses terres tout de même.

- Mais ma Katuo d'enchanteresse, toute notre vie nous avons suivi la sphère des Sages alors que nous aurions pu faire tout ce que nous voulions !

Karm soupira grossièrement avant de parler.

- Génie, même si votre intelligence me semble... extrêmement basse, transgresser impunément le futur chaque fois qu'il nous le plaira n'est pas de mise. Nous avons des règles et, en tant qu'êtres de magie, nous nous devons de montrer l'exemple. Il faut le faire avec parcimonie. Et là, c'est effectivement un cas de force majeure.

- Alors, nous pouvons changer le devenir du roi ! s'exclama Malu tout guilleret.

- De quoi parlent-ils ? dit Rônès à Mla. Sont-ils vraiment des êtres capables de prévoir l'avenir ?

Mla s'apprêta à répondre, mais Katuo la nargua d'une œillade.

- Mla, je vous souhaite bien du courage et tous mes vœux de bonheur.

- Vous croyez pouvoir me duper ? hurla Toumn qui avait compris qu'il n'était pas dans l'intérêt des Elgéendsorde de lui faire du mal.

Toumn se sentait soudain supérieur, ce qui n'échappa nullement à Karm qui s'en moqua ouvertement.

- Vu votre pitoyable intelligence, ce serait un jeu d'enfant.

- La sorcière va m'épouser, de gré ou de force ! rétorqua Toumn d'une voix criarde.

Katuo avait observé dans tous ses détails la silhouette de Toumn. Elle regarda son époux furibond en se sachant trompée par lui.

- Je devine en vous un zeste de féminité.

Toumn resta pétrifié avant de répondre, faussement outragé, à Katuo.

- Grand dieu non ! Vous radotez ma pauvrette.

La petite sorcière s'approcha.

- Radoter ? Ça, ça veut dire que l'on répète sénilement la même chose. Eh bien, chez vous le vocabulaire c'est comme la pomme de terre ; Il germe sous terre. Vous êtes stupide ?

- Acceptez notre offre car si vous nous chassez, nous révélons votre secret, ajouta Karm le regard charmeur. Vous serez ainsi destitué bien plus vite que l'histoire s'en chargera.

- Vous avez révélé mon secret !? dit-il la peur au ventre

- Non ! Je vous assure que non ! rassura Malu sur un ton biaisé.

- Ne doutez point de l'honnêteté de Malu, dit Karm Je suis le démon du mal-bien. Le choix m'appartient d'être bon ou de ne pas l'être, telle est d'ailleurs la question. J'ai le choix de laisser la bouse en terre ou de la mettre en évidence. Et là, ça pue d'enfer ! Je sais, c'est très imagé. Ce qui me navre, c'est de n'avoir pas flairé que vous étiez une femme, je les renifle à mille lieux à la ronde.

Toumn réfléchit un instant avant de répondre de son air arrogant :

- Mon royaume sera-t-il prospère ?

- Assurément, répondit son génie.

- Bien ! J'accepte votre pacte avec joie ! Je trouve cette solution bien plus agréable que d'épouser cette chose ailée, dit Toumn en désignant la sorcière. En réalité, vous avez bien plus besoin de moi que moi de vous. Vous implorez une paix salutaire entre nos deux mondes. Je dois bien avouer que je vous trouve tous si persuasifs. Je vais me plier à vos souhaits même si j'estime que je vous ai tant donné et que, de ce fait, vous me manquez grandement de respect. Mais je sais me montrer magnanime et bon.

Le discours de Toumn était des plus pompeux, et si Malu n'avait pas supplié d'un regard ses congénères de rester toute ouïe pour ne pas indisposer Toumn davantage, tous se seraient enfuis à la première syllabe. Le roi poursuivait son discours, bien conscient que ses sujets étaient revenus depuis peu épier ce qui se déroulait dans la cour du château. Il savait qu'ils n'avaient rien entendu qui aurait pu compromettre sa couronne. Il se devait juste de garder la face et de leur faire croire qu'il avait mis ces êtres magiques dans sa poche. Il continua son discours en le scandant.

- Je vous fais grâce de vos milles indélicatesses, et vous pardonne puisque vous protégerez mon royaume de toute intrusion ennemie. Mla, je vous absous de vos péchés et vous rend votre liberté. Voyez comme je sais être bon et généreux.

- J'en reste encore plus écartelée ! dit Mla avec ironie.

- Pourquoi devons-nous laisser croire à son peuple qu'il nous a vaincus ? demanda Katuo en sourdine à Malu.

- Je tiens à garder mon C.D.I., moi.

- Souvenez-vous qu'une promesse est faite, renchérit Toumn. Rendez-vous dans treize ans ! Démon, je veux que mes gardes reviennent promptement.

Toumn n'attendit pas la réponse de Karm et marcha la tête haute vers son château.

- Rendez-vous dans treize ans !? constata Malu sur un ton apeuré. Non mais vous plaisantez ! Attendez !

Toumn entra dans le château en riant. Malu se précipite pour le retenir.

- Ma bonne roi Toumn !? S'il vous plait !

Karm pesta.

- Comme si je savais où je les avais envoyés. Ils étaient trop nombreux, ils peuvent êtres entre le douzième et le trente et unième siècle. Autant chercher un lutin dans une forêt de séquoias géants.

- Votre tâche est de les ramener un par un, pour ne pas lui déplaire, rétorqua Katuo sur un ton moqueur. Quand je pense que ce roi m'a toujours terrifiée. Finalement, il est plutôt conciliant. Ou devrais-je dire, elle est plutôt conciliante. Je ne sais plus comment l'appeler, nom d'un p'tit elfe !

Malu revint abattu.

- N'a-t-elle point dit, rendez-vous dans treize ans ?

- Tant mieux ! rétorqua Karm. Moins je le, ou la vois, mieux je me porte.

- Vous ne comprenez rien, Karm. Moi !

- Comment ça, moi !?

- Je ne suis plus son génie ? Quand il disait, rendez-vous dans treize ans il ne parlait peut-être que pour vous autres.

Mla pouffa de rire avant de lui répondre.

- Oui, c'est permis de rêver. Vous êtes devenu chômeur mon cher génie !

- Comment ça, chômeur ? Qu'est-ce donc ?

- Relisez vos classiques futuristes.

- Serait-ce une moquerie désobligeante, petite sorcière qui serait, si nous n'étions pas intervenus, en cendres ?

- En général les moqueries sont toujours désobligeantes, reprit Rônès.

- Vous, on ne vous a pas permis de l'ouvrir !

La sorcière prit la main de Rônès avant de reprendre comme ci elle récitait sa leçon.

- Chômage égal révolution sociale, dix-neuvième, vingtième, vingt et unième siècle. Vous perdez votre job et l'État pourvoit à votre bien-être.

Katuo soupira admirative.

- Cela sera une bonne chose pour les gueux, mon génie d'amour. Bref, nous sommes loin de cette époque merveilleuse.

- Alors, je suis au chômage ?

- Techniquement, non ! reprit Karm avec cynisme. Vous n'avez point cotisé, mon ami, donc aucun sac d'or ne va vous être versé. Nous nageons en plein douzième siècle. Bien, moi je me téléporte de ce pas dans un siècle moins teigneux. Bonne reconversion génie et tous mes vœux de malheur pour votre couple !

Le génie le regarda tristement.

- Oh là là !

- Que de malheur ! renchérit Katuo la mine déconfite avant de reprendre avec un éclatant sourire. Toutefois, aurai-je droit à une nouvelle bague !?

Malu resta la mine défaite, tandis que son épouse s'exaltait en pensant à sa future bague. Karm eut un sourire en constatant que ces deux-là ne changeraient jamais. Il ne désespérait plus d'obtenir la belle un jour prochain. En attendant, il devait redonner le sourire au génie de peur que l'ambiance s'éternise dans la tristesse.

- Allez, point de chagrin. Tout est bien qui finit bien ! Nous avons sauvé l'honneur des Elgéendsorde ! Quoique, enchanteresse Katuo, comptez-vous réellement vous éprendre, de nouveau, de votre bouffon de génie. Vous risquez de le regretter à long terme. Je suis sans conteste le plus beau, le mieux fait, le plus charmant, à cinq mille lieues à la ronde.

- Démon Karm ! Posez encore votre main sur la hanche de mon enchanteresse de femme et je…

- Enfin une bagarre ! J'adore que l'on se batte, qu'on saig…

Malu et Karm l'interrompirent en cœur.

- Qu'on saigne, qu'on s'embroche pour moi ; et bla-bla-bla ! C'est bon, on a compris, Kat !

Mla et Rônès se tenaient les mains en se promettant de s'unir dans l'avenir dès que Rônès aurait réglé ses affaires dans son pays. Mla était bien trop jeune pour se marier et l'éloignement ne serait que de corps car ils continueraient à se parler d'esprit à esprit. Ils avaient tant de tâches à accomplir chacun de leur côté que le temps passerait vite. Mla avait tant d'enfants à consoler de leurs malheurs et Rônès se devait de rétablir la paix dans son pays.

Mla et Rônès entendaient vaguement les trois Elgéendsorde se disputer, mais rien de négatif ne pouvait les atteindre.

La sorcière souriait, car nulle hostilité n'était à déplorer, juste des êtres aimants se taquinant par pur plaisir. Mla les regarda avant de les interpeller.

- Ecoutez !

Ils s'arrêtèrent de se chamailler pour faire ce que la petite sorcière leur demandait.

- J'ai beau tendre l'oreille, je n'entends rien ! répondit Malu.

- Je sais où vous voulez en venir, Mla, dit Rônès d'un air béat.

- Ah, vous êtes bien le seul, alors ! répondit Katuo narquoisement. Sorcière Mla, vous devriez réfléchir avant d'épouser plus tard un homme sans grande intelligence.

- Sur du long terme vous risqueriez de vous en lasser. Sans compter que le démon Karm n'a jamais eu de courtisane.

- Rectification, Malu ! Plus de courtisane ; curieux que vous ne vous sentiez point responsable. Etes-vous stupide !?

- Vous comprenez ce que Mla voulait dire par écouter ? dit Rônès toujours en mode de béatitude extrême.

- Epargnez-nous d'une explication vaseuse, à la mortelle, dit Malu.

- Silence, calme, paix. C'est cela que nous écoutons.

- Alors, là, franchement, lui je l'adore ! dit Karm d'un air moqueur.

- J'ai bien entendu qu'on se prenait la tête là ? répondit Malu à Rônès. On avait une petite dispute, non ? Alors le calme vous repasserez Monsieur le guerrier sanguinaire qui se la joue romanesque !

- Quelles expressions étranges ! dit Katuo.

- Ramenées tout droit du 21ème siècle.

Jik atterrit à leur côté et afficha son sourire le plus mesquin.

Karm soupira grossièrement avant de parler :

- Oh non, quelle plaie !

- J'ai manqué la fête ?

Allez-vous en, vous ne faites plus partie de la confrérie des Elgéendsorde, hurla Katuo.

- Je l'entendais bien ainsi. Bien, retirez le « El » car les elfes sont une marque déposée. Bonne continuation les Géendsorde. Ouh ! Cela sonne faussement ! Pauvre de vous !

Jik pouffa de rire avant de s'envoler de peur de les voir lui abîmer son beau visage de leurs poings dressés devant lui.

- Quel odieux personnage, reprit Rônès fort intrigué par Jik. Quel accoutrement inapproprié pour le définir. Est-ce un elfe ou une elfe ?

- Excellente question, qui mérite réflexion, répondit Katuo dubitativement.

- Je n'ai jamais flairé sa condition car rien de féminin ou de masculin n'émane de lui. Pourtant en tant que démon je devrais être à même de la définir.

Les Géendsorde et Rônès pouffèrent de rire tout en s'éloignant du château sous le regard terrorisé des sujets les observant de loin.

Chapitre douze
Jik gicle Malu

Plusieurs jours s'étaient passés depuis que Toumn avait souscrit un accord avec la confrérie des Elgéendsorde.

Il était assis sur son trône à ruminer sous l'œil apeuré de ses gardes qui étaient revenus un par un des divers lieux où ils avaient été téléportés par Karm. Certains avaient été heureux de revenir dans leur temps, tandis que d'autres auraient bien voulu rester au sein d'une époque plus propice à l'épanouissement.

C'était le cas du garde Milmody, qui s'était retrouvé en plein milieu des années soixante-dix du vingtième siècle où il avait très rapidement sympathisé avec un groupe de hippies sur un boulevard parsemé d'étoiles portant le nom de personnes qui lui étaient inconnues. Là, il avait pu se familiariser avec un instrument que ces jeunes gens nommaient -guitare- et pu récolter à profusion des pièces dans un chapeau dressé à même la chaussée.

Quand il avait vu Karm apparaître en ce temps bienheureux, il avait fait fuir tous ses nouveaux amis. Milmody avait refusé de repartir. Karm ne l'avait pas écouté et l'avait renvoyé illico presto dans son époque peu propice au bonheur. Un garde sans nul titre de noblesse ne pouvait accéder à un poste plus honorable.

C'est donc l'âme en peine que Milmody se tenait au garde à vous. Tandis qu'il observait son benêt de roi pester, puis larmoyer, et enfin ruminer mille jurons à l'encontre de ceux qui avaient fait sa bonne fortune. Milmody n'en pouvait plus et avait décidé de franchir dès demain les portes du village des êtres magiques pour mendier son retour dans ce monde enchanteur.

En attendant, il devait prendre son mal en patience et supporter les inepties de son maître. Dans un soupir à peine audible, il se résigna à garder le silence.

Quand Milmody vit l'elfe Jik atterrir dans la salle du trône, il eut envie de lui demander s'il connaissait le démon Karm personnellement. Cependant il se ravisa, car Toumn leur hurla l'ordre de partir au plus vite.

Toumn attendit que les gardes sortent avant de s'adresser à l'elfe avec cet air hautain qui lui seyait comme un gant.

- J'ai comme la nette impression de m'être fait usurper un bien des plus précieux.

- Plaît-il !? dit Jik d'un ton condescendant.

- Comment osez-vous employer cela ? Ce mot n'appartient qu'à moi.

- S'il vous plait de dire « plaît-il », il me plaira donc de vous satisfaire.

- Plaît-il ? répondit Toumn l'air de ne rien y comprendre.

Jik s'étonna encore d'être surpris par l'extrême bêtise du roi.

- Par tous mes elfes ancestraux, Malu avait raison ; vous êtes un homme sans grande intelligence.

- Mon bouffon de génie parle de moi en ces termes ?

- Si ce n'était que comme cela, vous seriez une délicate brise… Il parle de vous en des termes bien moins élogieux… Alors ma bonne roi Toumn, puis-je espérer une embauche ? Un C.D.I. me conviendrait bien.

- Qu'est-ce ? répondit Toumn anxieusement, de peur que cela puisse signifier qu'il lui demanderait bien plus de pièces d'or que ce qu'il accordait au génie.

- Un emploi à vie.

- Et le génie ?

- Viré ! N'est-ce pas en ce sens que vous l'aviez expédié il n'y a pas cinq lunes de cela ?

- Prenez votre poste à la première lueur demain matin.

- Nous sommes déjà à la première lueur du matin.

Toumn lui jeta un regard antipathique. Jik fit mine de siffloter pour se donner une contenance.

- Je pense qu'il vaut mieux que je me plie à votre bon vouloir. Je reviens demain à la première lueur, c'est un fait.

Jik s'envola sous l'œil plutôt satisfait du roi, qui voyait en ce changement d'être magique principal du royaume un moyen de se faire respecter par le génie. Le monarque n'aimait pas l'elfe, car il sentait bien qu'il était aussi vicieux que lui.

Cependant Toumn se disait qu'il pouvait l'utiliser pour rendre jaloux Malu. Ainsi il attiserait le désir du génie à reconquérir son poste ; il viendrait certainement supplier qu'il puisse le reprendre sans tarder.

Oui Toumn aimait Malu. Il aimait sa façon de prendre un ton mielleux pour ne pas le vexer. Il aimait sa façon de quémander ses faveurs. Et plus encore, il aimait se sentir proche de lui, car il était un vestige de la gloire de son père et la seule personne à avoir eu sa sympathie.

En cela Toumn aurait été tout disposé à reprendre Malu sans que ce dernier ne sache, ô combien il lui avait manqué.

En attendant, le souverain comptait bien mettre Jik dans tous ses états.

Quel bonheur, pensa Toumn, je vais le rendre tellement chèvre qu'il me suppliera de le défaire de son contrat magique.

Au village Elgéendsorde, tous reprenaient leur petite vie d'êtres magiques.

Les Elgéendsorde se sentaient libérés des entraves de la discorde. Les glaives et les formules magiques d'autodéfense étaient rangés.

Malu avait passé ces trois derniers jours à ruminer sa nouvelle condition précaire.

Face à la déprime de son époux, Katuo avait repris son activité favorite : narguer son mari en s'attirant les faveurs de bons nombres de ses congénères. Elle espérait ainsi qu'il la remarquerait de nouveau, puisqu'il y avait bien une chose que l'enchanteresse détestait : ne pas être dans la lumière.

Karm avait intentionnellement tourné le dos à Katuo dans l'espoir d'attiser son désir à son égard. Car, nom d'un petit démon, nul être ne l'avait jamais repoussé avant cette capricieuse d'enchanteresse.

Rônès avait quitté les terres de sa bien-aimée, bien décidé à ne pas revenir avant qu'elle eut seize ans. Il savait qu'ils étaient liés par la pensée et par leurs âmes. Cela le comblait amplement.

Mla était retournée à sa tâche avec plus de détermination. Aider les enfants en détresse en s'immisçant dans leurs pensées la rendait gaie et pleine d'énergies positives.

Pour les Elgéendsorde, regarder le monde et en profiter sans se faire violence était primordial. Chaque jour, ils aimaient ce monde, chaque jour ils prenaient le temps de vivre et d'aimer tous les peuples de l'univers.

Les Elgéendsorde auraient voulu s'attarder dans ces pages, mais les héros prennent le large pour une envolée vers d'autres aventures.

Fin du commencement...